U0917753

〖中华诗词存稿·地域专辑〗

中华诗词学会 编

# 海南诗词选

（上）

海南诗词学会 编

图书在版编目（CIP）数据

海南诗词选 . 上 / 海南诗词学会编 . -- 北京 : 中国书籍出版社 , 2020.8
（中华诗词存稿）
ISBN 978-7-5068-7886-9

Ⅰ . ①海… Ⅱ . ①海… Ⅲ . ①诗词—作品集—中国
Ⅳ . ① I22

中国版本图书馆 CIP 数据核字 (2020) 第 107984 号

海南诗词选 · 上

海南诗词学会 编

责任编辑　李国永
责任印制　孙马飞　马　芝
封面设计　采薇阁
出版发行　中国书籍出版社
地　　址　北京市丰台区三路居路 97 号（邮编：100073）
电　　话　( 010 ) 52257143（总编室）( 010 ) 52257140（发行部）
电子邮箱　eo@chinabp.com.cn
经　　销　全国新华书店
印　　刷　北京虎彩文化传播有限公司
开　　本　710 毫米 × 1000 毫米 1/16
字　　数　239 千字
印　　张　22.5
版　　次　2020 年 8 月第 1 版　2020 年 8 月第 1 次印刷
书　　号　ISBN 978-7-5068-7886-9
定　　价　498.00 元（全 2 册）

# 《中华诗词存稿》编委会名单

**顾　　问：** 郑欣淼　郑伯农　刘　征　沈　鹏　葉嘉莹

**编 委 会：**（按姓氏笔画排序）

丁国成　王　强　王改正　王德虎
刘庆霖　吕梁松　李一信　李文朝
李树喜　陈文玲　张桂兴　范诗银
欧阳鹤　杨金亭　林　峰　罗　辉
周兴俊　周笃文　宣奉华　赵永生
赵京战　钱志熙　晨　崧　梁　东
雍文华

**主　　任：** 范诗银

**副 主 任：** 林　峰　刘庆霖

**执行主编：** 吕梁松　王　强　李伟成

**秘　　书：** 李葆国

# 《海南诗词选》

# 编委会、编委会名单、组织委员会



# 编辑委员会

# 编辑说明

一、本书主要收录海南籍和在海南长期居住的当代诗词作者的诗词作品，重点是中华人民共和国成立以来的当代作品。

二、编次以诗词作者姓氏笔划为序。作者简介只刊载姓名、出生年月、籍贯、性别（男不标）、民族（汉族不标）、学历、职称及现任或离任前的主要行政职务、所在诗词组织及所任职务、主要诗词著作等，对其学术成就不予评论或评价。

三、入选作品的编辑顺序按作者提供的作品顺序排列。

四、每位入编作者所选录的作品多少不一。

五、在选录作品标准的掌握上，坚持思想性和艺术性的统一，既要合律，又要有一定的诗味，力求做到“情真、味厚、格高、韵远”。

六、对个别不合律之作，或予以改之，或做一些变通处理。少量诗意较好，而又较难处理者，则保持原貌。有海南地方特色和民族特色的作品优先选录。

七、在声韵的使用上，坚持贯彻“双轨并行”的方针，但在同一首诗（词）中不得新旧韵混用，提倡使用新韵。使用旧韵的，韵脚可适当放宽，允许邻韵相押，“平水韵”和“词林正韵”互用。

# 总　序

我们这个诗歌大国有一个很好的传统，历来注重“采诗”、搜集整理诗歌材料。作为唯一的全国性诗词组织的中华诗词学会，自1987年5月成立以来，就十分重视这项工作。学会每年的学术研讨会和历届“华夏诗词奖”，都出版论文集和获奖作品集。纪念学会成立二十年、三十年时，还专门编辑出版了《大事记》《论文选集》《诗词选集》。《中华诗词》创刊以来，每年都制作年度合订本。2007年5月，在北京天识东方文化艺术传播有限公司的资助下，以近代以来诗词创作、诗词理论、诗词运动重要文献汇编，当代名家个人作品专集等为主要内容，出版了《中华诗词文库》。经过十来年的编辑整理，已经出了近百卷。这些诗集、文集的出版，记录了近百年来尤其是改革开放四十多年来，中华诗词从起步、复苏走向复兴的砥砺前行的历程，为近、当代诗歌史的撰写准备了丰富的资料。

党的十八大以来，中华民族优秀传统文化重新受到应有的重视。习近平总书记《念奴娇·追思焦裕禄》词和《军民情》七律的相继发表，引领中华大地诗潮滚滚而来。《中共中央关于繁荣发展社会主义文艺的意见》和中办、国办《关于实施中华优秀传统文化传承发展工程的意见》，都明确提出“加强对中华诗词、音乐舞蹈、书法绘画、曲艺杂技和历史文化纪录片、动画片、出版物等的扶持。”国家教育部组织制定由中华诗词学会起草的新中国语言体系中的新韵书《中华通韵》已经通过国家语言文字工作委员会语言文字规范标准审定委员会审定，即将颁布全国试行。这些都使我们真切地感受到，中华诗词的春天真的到来了。诗人们乘着骀荡春风，正以高昂的激情，书写着中华民族伟大复兴的新时代、新史诗，国家富强、民族振兴、人民幸福的中国梦；正以与人民同呼吸、共命运的诗人之心，对人民的欢乐、人民的忧患、人民的情怀给以诗意的表达；正以“美”或“刺”的诗人之笔，对市场经济大潮中人民对幸福生活的期待，对美好未来的希望，对假丑恶的深恶痛绝，或给以方向，或给以赞美，或给以鞭挞。正如习近平总书记所指出的：“好的文艺作品就应该像蓝天上的阳光、春季里的清风一样，能够启迪思想、温润心灵、陶冶人生，能够扫除颓废萎靡之风。”

当前，传统诗词创作者和诗词爱好者队伍发展迅速，已超过三百万。每天创作的诗词作品超过唐诗、宋词、元曲的总和。诗词评论研究队伍也成长很快，诗词评论、诗词学、诗词创作理论研究成果丰硕。如何从浩如烟海的诗词作品中“淘”出优秀作品，并使之存下来、传下去，如何使诗词研究理论成果“面世”并发挥应有的指导作用，确实是摆在我们面前的无可回避的一个重要课题。中华诗词学会是一个没有国家编制，没有国家拨款的社会团体，事业的运转主要靠社会赞助和会员费支撑。俊识（北京）文化传媒有限公司总经理吕梁松、北京采薇阁总经理王强，两位一直是对中华传统文化情有独钟的热心人，慷慨解囊，愿意同中华诗词学会一起，搜集整理编辑推出《中华诗词存稿》这套书，共同为中华诗词文化的继承和发展，做成这件十分有意义的事情。

《中华诗词存稿》主要搜集整理出版三部分内容的资料：一是当代诗词名家的个人作品集；二是当代诗词评论家、诗词学者的学术著作集；三是当代诗词作品、诗词理论学术成果阶段性、专题性、地域性的集成类作品集。诗词作品强调精品意识，沙里淘金，把“有筋骨、有道德、有温度”的优秀诗词作品搜集起来。诗词评论、研究类资料强调理论性和创新性，应具有鲜明的个性特点，具有创建性的见解。集成类的资料应有一定的史料保存价值。总之，做成一套具有当代价值和历史意义的好书。在此，我们编委会人员，向提供资料、筛选编辑、版面设计、校对勘误，包括所有为这套资料付出辛勤劳动的同志们，表示真诚的谢意！

郑欣淼

二〇一九年七月于北京

# 序

“海南是宝岛，也是诗岛，山青海碧，无处无诗。”这是诗人杨朔上世纪六十年代来琼时，对宝岛所作的热情洋溢的评价。海南虽然地处炎荒，但远在先秦时期即同中原文化有广泛的联系，唐宋二代随着大批诗人逐客的南来，这一方热土更是深受古典诗词甘露的滋养。海南本土诗人的出现，则肇始于南宋的白玉蟾，到明清两代已称名家辈出，传世有《溟南诗选》与《琼台耆旧诗集》两部诗歌总集，存诗数千首，实不下于天下之望郡。延至民国时期，虽然有新文学运动的冲击，但诗词的传统仍是不绝如缕。改革开放之后，海南省的诗词创作活动，同样生机勃发，诗词佳作一如泉源之纷涌，势不可遏。可惜至今尚未有一部比较大型的诗词选集，对全省新时期的创作实绩作一集中的展示，《中华诗词存稿·海南诗词选》的编辑出版，正好填补了这方面的缺陷。

《中华诗词存稿·海南诗词选》共收录本省作者350余人，作品1400多首。举凡本省的山水风光、人情风俗、建设成就、开放情怀以及人生咏叹、怀古幽情都在吟咏与收录之列，而作者队伍亦遍及省内各市县，从城镇到乡村都活跃着他们的身影，其中以基层的作者居多，不少人还是地道的农民，可见东坡遗风的影响何其深远。少数作者横跨新旧两个时代，诗词素养较深，作品呈现出成熟的面貌；而大部分作者主要生活于新中国以后，他们对传统诗词略显疏隔，但所传达的时代气息并不少。因而应征的诗稿便显出参差不齐的特点，需要编者为之花费更多的心血。在编选过程中，编委会始终坚守诗风纯正的标准，选诗不滥不苛，在兼顾作者面的广泛、题材形式的多样时，不忘对作品质量的把握，在注重时代精神的体现时，也不忘对诗学传统的传承。尽管在作品的数量与质量上海南卷都还无法与其它省市相比，但这一千多首诗作亦自有其地方色彩与存在价值，并能证明海南省在新诗之外，也还有另外一个诗坛存在，这是不容新诗主体论者轻易抹煞的。

海南省诗词学会一九八八年中秋节成立时，省委书记、学会名誉会长许士杰特作《鹧鸪天》词一首致贺："海北天南喜结俦，银毫饱蘸绘琼州。同描海韵歌开发，并写椰风舞白鸥。攀万仞，濯长流，胶林蕉雨好遨游。足登五指吞天海，目揽南沙通石油。"词中对学会所寓予的厚望，三十年来始终引领着广大会员吟友不馁不躁稳步前行，他们以气吞五指的豪情，描绘琼州为己任，已开辟了当代诗词领域的一角新天地，这是可以告慰于老人的在天之灵的。老人如果能看到这一册海南诗词卷，在审视的眼光之中，是否会流露出一丝赞许呢？

最后，还须对热情投稿的作者，积极负起组稿责任的组委会成员，还有苦心选编稿件的编委们，致以衷心的感谢。没有大家的通力合作，诗集是不可能按期编选完成的。另外，由于征稿的时间比较仓促，还有部分作者的作品未及录入，要不然诗集还可以再厚重一些，再丰富一些。

周济夫序于海口石竹斋

二〇〇九年三月一日急就

【附记】

这次出版“中华诗词存稿”，将原“中华诗词文库”中《海南诗词选》收入，改正了一些文字差错，删去了几首作品，其他维持原状。特此说明。

《中华诗词存稿》编委会
2020年5月

# 目 录

# 云大仲

云大仲，海南文昌人，1938年生。曾任文昌市机械厂厂长，海南电工厂厂长。中华诗词学会会员，海南省诗词学会会员。著有诗集《滴露集》。

## 书　怀

夜静庭幽挹蕙风，谈今论古独尊公。
七擒七纵史书载，三落三升国运隆。
济世安民标特色，启关匡政建殊功。
南巡划策千秋誉，一代伟人钦仰同。

## 感　赋

人生跋涉若登天，舒展风华克万难。
有酒清宵休饮醉，无钱窘境尚能安。
丹心奋发千秋壮，老骥奔腾一路欢。
更喜侨乡商海涌，征帆激荡水云宽。

## 秋　兴

金秋雨后喜行吟，天际夕阳焕彩云。
徐步水泥宽阔道，淤滩不踩自无痕。

# 咏溪北书院（二首）

（一）

百年书院证沧桑，几缕晨曦沐讲堂。
一代宗师陶俊士，楹联异彩墨飘香。

（二）

院内枇杷百岁悠，叟童树下纳凉秋。
莫言溪北春无到，朗朗书声系古楼。

# 云浦生

云浦生，海南文昌市人，生于1948年，记者、编辑。1989年调进特区时报社，2004年进入法制时报社。中华诗词学会会员，海南省诗词学会理事。

## 香水湾①吟草（三首）

### 仙人井

神工奇井乱礁中，脉脉清泉眷意浓。
秀女不知何处去，长留甘润忆芳踪。

### 铜岭夜潮

森森壁垒一山横，地裂天崩霹雳鸣。
闪闪寒光风月暗，千军万马战龙城。

### 石亭观海

石亭突兀拥重峦，礁险波狂峭壁寒。
欲去蓬山惊绝路，双帆遥望碧漫漫。

【注】

①陵水县香水湾，石礁有“仙人井”，铜岭上有自然石亭，遥望大海有“双帆石”。

## 夜上太平山

扶缆徐徐上太平，参天斜厦伴车行。
半空灯火云烟袅，不尽香江处处星。

## 望虎门炮台故址（二首）

（一）

壁垒巍巍镇海空，悲歌浪涌唱秋风。
凭栏遥忆硝烟起，威慑夷魂二虎雄。

（二）

海门开放百川流，舟逐鸥翔竞自由。
泪祭英豪继先志，乘风劈浪振神州。

## 红棉树

不辞僻岭度华年，铮骨高风耸碧天。
捧献芳华情似火，何期玉絮伴清眠。

## 王　京

王京，海南东方市人，1928年生。1950年参加工作，干部。东方市书画研究会会员。

### 游棋子湾

旭日东升大岭巅，天云西落碧湾边。
孤舟无力随波后，双雁有心逐浪前。
石笋如林风景美，山泉若玉雪花妍。
喜看天水胸襟阔，观赏游人若醉仙。

# 王　珍

王珍，海南临高县人，1964年生。小学语文高级教师，兼任小学教导主任、校长。海南省诗词学会会员。

## 文明生态村

依山向水室千家，环境清幽实可嘉。
窗纳南丘金竹子，门迎北海玉梨花。
琼轩绿树相辉映，瑜宇红葩互衬遮。
福地新村新地福，兴丁致富发荣华。

## 观电视剧《木棉花的春天》感吟

春风造化木棉花，蓄馥储芳绽耀华。
正直蒙歪还正直，奸邪诩善总奸邪。
葩奇不怕群芳妒，树正何愁个影斜。
挚爱真情成伴侣，佩芸淑女令人夸[1]。

【注】

①耀华、佩芸是剧中的男女主人公。

# 王 斌

王斌，海南临高县人，现任职县政府办。海南省诗词学会会员，临高诗联学会会员。

## 新千禧参加中国民间医药研讨会感赋

满地芳菲千禧年，医人治国百花妍。
神农本草疗难症，济世清风德胜天。

## 王天琦

王天琦，海南琼海人，1937年生。原中学校长、高级教师。现为中华诗词学会、海南省诗词学会会员，万宁市诗词学会副会长，著有《菁莪轩集》。

### 颂李向群烈士

李向群，海南琼山东山人。从军不到二年，受奖立功七次。在荆江抗洪中牺牲，被国家授予“新时期的好战士”光荣称号。

向群名贯耳，当代好雷锋。
自小露尖角，几经救溺童。
村中五保户，奉侍胜亲朋。
家富非财隶，国强是旨宗。
弃商图报国，笃志乐从戎。
军旅二年史，受封七次功。
党龄始八日，“水线”见精忠。
九有新标树，三观立异风。
枝繁缘有本，时势造英雄。
死义泰山重，忘私以奉公。
人生虽短暂，典范誉寰中。

# 初春掠影（二首）

（一）

布谷催耕姑嫂忙，田头着意绣春光。
矫身掠水双飞燕，犹带花香绕画梁。

（二）

池塘鹅鸭向天歌，鲤跃虾游荡碧荷。
喜得一犁春雨足，田园处处绿婆娑。

## 王中柱

王中柱，海南省临高县人，1923年生。中学一级教师。曾任临高中学教导主任，《临高文史》编委，县政协二、三届委员。中华诗词学会会员，海南省诗词学会理事，临高县诗词学会副会长兼秘书长。主编校注王佐《鸡肋集》，著有《晚晴吟草》。

### 晚　晴

风雨连绵倏霁晴，长空如洗复澄清。
曾惊野寂花零落，今喜山青水碧莹。
秃笔欲狂讴盛世，单衣亦暖慰余生。
蓬门一任斜阳霭，拥吻红霞寄远情。

### 归　队

整装归队沐春阳，时际花香梦亦香。
灯下诗书犹锦绣，眼前桃李尽文章。
晚晴当惜黄昏近，苦读何嫌午夜长。
骀荡东风凭借力，勤挥彩笔咏韶光。

## 故 宫

步入明清紫禁城，红墙绿瓦映珠莹。
八旗虎势何飘渺，三殿龙阶尚绕萦。
妃院晓妆千女泪，餐厅晚宴万夫耕。
当年禁苑今开放，供与游人月旦评。

## 十三陵凭吊

天寿山边古迹群，帝妃陵寝卧黄昏。
石雕华表沿神道，玉砌棂门迎帝魂。
墓外风云新岁月，地宫珍宝旧乾坤。
千年松柏参天啸，申诉人民血泪冤。

## 春 蚕

银茧青桑卧晚霞，平生饱暖自农家。
蕴藏满腹丝丝锦，吐与人间织物华。

## 八达岭

岭高林郁势崔巍，步入苍穹坐紫微。
不愧居庸称叠翠，山花烂漫载诗回。

# 菩萨蛮·老年文艺晚会观感（四首）

（一）

元宵文艺临江岸，惊奇老树花开灿。靓丽洒风流，歌飞楼外楼。　健身勤苦练，鹤发童颜焕。娇步舞翩跹，云裳姿态妍。

（二）

舞柳轻飘才华俏，临城何处无芳草？展唱南泥湾，脆声驱嫩寒。　春宵风月好，演艺为倾倒。皓齿发清歌，一波高一波。

（三）

纱衫披上衰颜改，扇摇剑练蛮风采。伸掌步轻盈，姗姗无限情。　江风飘玉带，歌荡高山外。劲舞汗生香，汗香红袖扬。

（四）

双双较量优生好，凤声恍若莺声巧。问答炮连珠，辩才倾五湖。　舞台歌绝妙，莫怨春光老。不作蹙眉人，捡来潇洒身。

## 王仁好

王仁好，1938年生，海口市人。原海南钢铁公司机关党委副书记。系中国摄影家协会、中国艺术摄影学会会员，海口市秀英区诗词对联学会理事。

### 鹧鸪天·摄影

常与同仁外出差，灵机一动相机开。镜头捕捉新真美，亮点随时拍下来。　无宴请，自安排，采风四处找题材。锤成佳作抒豪志，获奖金杯乐满怀。

# 王书位

王书位，海南省琼海市人，高级教师。琼海市诗词学会会员。

## 胶　林

阵严盈亩列千兵，百里山头百里营。
累累刀痕堪笑慰，脂膏输尽尚青青。

## 王世文

王世文，海南省临高县人，1932 年生。先后任职于电站、供电公司等。海南省诗词学会会员。

### 中国民间艺术之乡感吟（两首）

（一）

惊闻人偶获嘉奖，欢乐情怀锦上花。
赢得殊荣登大雅，民间瑰宝放光华。

（二）

肚装经史数忠奸，鞭挞赃官仰昔贤。
技艺高超勤敬业，精心表演博群欢。

### 留下青山赐后人

秀丽山林遭利斧，飞禽野兽做山珍。
亟求诸子积功德，留下青山赐后人。

## 王永辉

王永辉，海南省东方市人，1964 年生。原任中学教师，后调任东方市《东方教育》杂志编辑，现为东方市地震局局长。东方市诗词学会会员。

### 咏剑麻

荒坡野岭自盘盘，日晒风吹更挺坚。
根瘦叶尖豪气在，粉身碎骨化丝绵。

## 王圣任

王圣任，海南澄迈人，1951 年生。海南省诗词学会会员，澄迈县书法协会副主席。

### 加朗坪

加朗坪人爱弄箫，飞声昼夜乐陶陶。
一条曲尽千山绿，百首歌完万树娇。
醉里巡林无寂寞，闲中抚瑟享逍遥。
友朋对饮贪杯甚，知己倾怀话若潮。

## 王达猷

王达猷，1957年生，海南省儋州市人。儋州中华诗联学会会员。

### 蝶恋花·中和江大桥

喜看中和呈美景，飞架长虹，横卧烟波顶。桥上栏杆相扣并，人车来往无停影。　遥望云山如列亘，竹翠松苍，异彩辉环境。水笑山欢歌世盛，游人欲醉咸同庆。

# 王成群

王成群，海南临高县人。1950年参加工作，历任小学教师，小学校长，中学教师。海南省诗词学会会员。

## 迎　春

三中全会起春雷，倏见人间喜笑开。
沐浴春晖沾雨露，苏醒草木壮芽催。

## 王传川

王传川，1933 年生，海南临高人。曾任职农业银行儋州市支行。中华诗词学会、海南省诗词学会、儋州市诗联学会会员。

### 途渡巫山峡

奇峰绝壁插云中，绿水蜿蜒仙境同。
游舫穿梭神女处，回头明月现江东。

## 王兆德

王兆德，海南临高人。小学高级教师、教导主任，现为海南省诗词学会、临高诗词学会会员。

### 荣辱感

荣为头上花，耻是玉中瑕。
争荣诚可贵，知耻亦为佳。

### 粉笔赞

天生白玉身，奉献一条心。
化育李桃艳，滋滋雨露恩。

## 王观民

王观民，海南儋州人。

### 抗击冰雪灾感吟

五十年来一大寒，抗冰击雪度年关。
军民协作回天力，政策和谐胜万千。

## 王志远

王志远，1925 年生，定安龙塘人。曾当过乡村教师，后弃教抗日，解放后任处级干部，离休。系定安县诗词学会理事、海南省诗词学会会员。2005 年病故。

### 咏 竹

一物生团聚，成林立世间。
谦虚心洁直，韧劲节贞坚。
秀色高朝雾，清声下夕烟。
周身全奉献，处处为人民。

## 王秀孔

王秀孔，海南临高人。小学高级教师。海南省诗词学会会员。

### 贺曾校长 87 寿辰

蜡烛成灰不泪流，讲台四尺拼无休。
培桃育李感师德，仰止青松绿更遒。

## 王佐成

王佐成，1936 年生，海南儋州市人。小学教师。

### 月 亮

初三夜似小金船，十五宵圆若玉盘。
照亮乾坤民便利，嫦娥无向众收钱。

## 王应春

王应春，海南临高人，1929 年生。临高县工商局干部。海南省诗词学会、中华诗词学会会员。

### 水龙吟·百仞滩怀古

正当南国初春，凭高远望天如浴。金波荡荡，渔帆点点，秋涛入目。奇石嶙峋，碧波倾泻，浪花飞瀑。看劫余碑刻，千言万律，阳光下，篇篇煜。　　抬眼墩台故垒，数明清、戍边棋局。往年旧事，尽随流水，堪嗟荣辱。对此悠悠，烟霞胜景，好诗应续。让文澜士子，时时歌唱，古人遗曲。

### 满江红·登南方点火台[①]

迎着朝霞，登台上、凭栏自若。抬眼望、淡烟稀霭，碧波荡烁。船舶行行天际驶，牛羊拥拥山坡跃，朝阳下、瞰壮丽河山，神情乐。　　云乍起，风大作。春固暖，衣偏薄。壮怀今何在？巨澜淘着。昨日已尝东海水，如今又踏南天角。忙碌碌、如此度余生，伤飘泊。

【注】

①下午已到三亚大东海，次日早晨回来便顺路驰车上亚运圣火南方点火台。不久，忽云起，风大。有感而作。

## 王良安

王良安，海南省临高县人。曾任生产队出纳，民办教师，现为运输船、渔船船长。

### 渔港中秋夜

碧水滩头喜事连，舞歌一夜乐翻天。
悄悄寄语中秋月，寂寞嫦娥梦可甜？

## 王明奎

王明奎，1936年生。曾任县供销社主任。海南省诗词学会、临高县诗词学会会员。

### 赠旅美王照光先生并促故里行（二首）

（一）

早慕才华识美京，铿锵淡薄富亲情。
临江月影摇深浅，脉脉相邀故里行。

（二）

美京会晤意深长，游罢匆匆归故乡。
来岁椰花初绽日，门前引领望笙扬。

# 王泽龚

王泽龚，海南临高县人，1942年生。历任县委宣传部部长，县政府办主任等职。

## 尧龙水库（二首）

（一）

波光潋滟水连天，山峡横拦大坝坚。
丰稔年年凭灌溉，永除旱患润膏泉。

（二）

绿遍山峦果满川，猴王仙女荡秋千。
楼台石径游人醉，盛赞尧龙景色妍。

# 王宗祥

王宗祥，海南省临高县人，1922年生。历任小学教导主任，中学教师，临剧团团长兼编导。海南省剧协会员，海南省诗词学会会员。

## 百仞滩声

訇然抛落水云间，百仞滩头大鼓喧。
拾取江声成好句，摩崖勒石有宏篇。

## 读报有感七绝（二首）

### （一）

强权泛滥遍全球，不顾人民骂不休。
滥炸南盟无净土，群魔造孽不胜愁。

### （二）

高喊人权实伪虚，自由民主好吹嘘。
无辜黎庶遭屠杀，借问美英知不知。

# 王春光

王春光，海南琼海人，1939 年生。琼海市文化馆副研究馆员。中华诗词学会会员，中国音乐文学会会员，海南省诗词学会会员。著有歌词集《美丽的万泉河》。

## 暮岁

暮岁偏瘫志尚坚，扬帆艺海度余年。
堂中得句开怀笑，月下吟诗拄杖颠。
博览报章知大事，勤倾汗水赋新篇。
人生奋进心无愧，陋室雕虫乐似仙。

## 游博鳌南强文明生态村

初冬结队访南强，喜见村民富有方。
鸟唱青枝迎远客，筏漂绿水沐朝阳。
凉亭望海欢歌起，硕果飘香赞语彰。
若问青年何处觅？商场逐鹿谱华章。

## 游琼海伊甸园山庄

春临伊甸醉游仙，问礼亭前笑语喧。
湖水轻轻摇丽日，锦鳞款款舞青天。
芳园叠翠千人赞，曲径通幽百果添。
拂去心尘人快乐，抛开拐杖赋新篇。

## 万泉河漂流

秋雁舞南天，竹筏浪里颠。
青山河畔走，红日画中悬。
泼水人声沸，披蓑野趣添。
身心涤荡后，个个乐开颜。

## 玉带滩

碧海银川涌两边，玉滩似带卧中间。
谁言河海交情断？潮涨时分绿水连。

## 阿陀岭春咏

千树红棉放，山高入九重。
云开欣鸟瞰，市井绿盆中。

## 秋　声

昨夜秋声冷，西山景色奇。
黄栌红叶美，拾片寄乡思。

# 革命菜

顽敌困红军，饥肠击鼓勤。
深山情笃厚，野菜救亲人。

## 王秋亭

王秋亭，1936年生，海南琼海人。退休干部。海南省诗词学会会员，琼海市诗词学会会员。

### 湾港纪游

旧雨新知结伴游，纵情水国兴何稠。
湾平似镜无风浪，岸曲如钩拥渚洲。
汐至礁闲凭放钓，潮生水阔好行舟。
偷闲赢得神仙乐，一洗凡尘百绪休。

### 晚晴山水吟

极目乡关百里平，椰风酒肆晚来晴。
青山隐隐春无限，绿水迢迢夜有声。
地迥扶疏佳木秀，溪深潋滟玉龙腾。
诗情涌动人如醉，画意绵绵老笔横。

### 椰林湾一瞥

万亩椰林曙色开，虾池潋滟映楼台。
湾平水阔波涛涌，不尽风帆入画来。

## 咏三更峙

形胜蓬莱好畅游，风回浪转景殊优。
椰林湾畔三更峙，水复山重海蜃楼。

## 龙湾港泛舟拾遗（二首）

### （一）

港湾似镜水平铺，帆影椰风入画图。
踏浪凌波随所好，扁舟一叶任沉浮。

### （二）

放任轻舟入大潭，始知海阔与天宽。
无涯学海问无止，胸次云烟卷巨澜。

## 叩　月

怅望南天鬓发斑，梦魂几度驾云帆。
经天明月不知趣，离恨绵绵偏尔圆。

月到中秋分外圆，伊人翘首叩苍天。
蟾宫桂子可知否，两地情长不计年。

## 读多异岭景观写意（二首）

（一）

异境幽林缀翠峰，繁英奇木傲飞虹。
萧萧顽石风牵动，裂地灵泉势似龙。

（二）

一泉汩汩水溶溶，二石噌吰鼓与钟。
香寺梵音成冷烬，源头活水觅无踪。

# 王衍鳌

王衍鳌，1934年生，海南定安人。1950年12月参军，转业后在海口市科委、技术监督局等单位任职。中华诗词学会、海南省诗词学会会员。

## 悼嫂娘

孩提失怙恃，吾命倍凄戚。幸有淑嫂娘，实乃苍天赐。
嫂娘郑家女，心洁如瑜璧。年长吾十五，恩及我永世。
虽无哺乳功，却有衔泥绩。踏进王家门，年华方十七。
邻里犹陌生，翁姑逝相继。又逢倭寇侵，丈夫去杀敌。
惟有幼小叔，朝暮绕嫂膝。小叔翼下雏，嫂即雏上翼。
昼夜调冷暖，四时理衣食。弟顽时有过，嫂训语殊细。
弟偶染微恙，嫂心悬巨石。弟跌致骨损，嫂眶泪沥沥。
祈神并问医，不惜财和力。日伪频烧杀，奔逃无终日。
一步一踉跄，瘦肩驮疲弟。居诸恒迭运，寒暑几交替。
只见容颜衰，未闻嫂叹息。忽报凶顽伏，烟消烽火熄。
再报故人亡，五内响霹雳。含辛又数载，负重腰弥直。
点点血和汗，滴滴浇棠棣。碌碌心力瘁，默默谢尘世。
呜呼！未受反哺报，弃弟何太急？岂是苦海尽，彼岸堪永逸？
可怜弟孤寒，谁与共呼吸？弟幸羽毛丰，嫂影无处觅。
弟今鬓已霜，梦魂仍嬉戏。梦醒徒惆怅，清明空思忆。
万般皆等闲，念念最冀悉：嫂在九泉下，可与兄团聚？
黄昏夜静时，可想不肖弟？今生既永诀，焉望有来世？
和泪作五古，权当诔文祭。呜呼贤嫂娘！哀哉惠嫂娘！
等弟回归自然时，复绕嫂娘膝。

## 为乌鸦鸣不平

在公园禽区，看百鸟飞翔，独无乌鸦。

只缘毛羽黑，天下共谗诬。
苑鸟嬉争宠，尝知反哺无？

## 重阳节游石山火山口（二首）

（一）

不见火龙惟见洞，高低远近尽葱葱。
丧魂涂炭铺琼苑，论过论功皆祝融。

（二）

提腓拾级手扶栏，破雾穿风不觉寒。
忽听耳边传慨叹，下山更比上山难。

## 翠楼吟·春内父子进士第[1]

宝砚珍毫，隆昌品第，潜龙伏深潭处。青山连绿水，复环抱、诗宬经库。仁门德户，有父子登科，琼林陟步。堂庭庑，画屏书幅，桂香兰妩。　几许，岁月悠悠，日久簪缨旧，彩随云付。当年公警预：纵巍厦铁浇铜铸，谁能恒踞。今极目苍穹，神舟放语：行空去，九霄天外，宿星无数。

【注】

①定安县城南约 6 公里的春内村，有清末父子进士王映斗、王器成的府第，主建筑组成一个“品”字，由前而后递高，蔚为壮观。历经风雨变幻，现已破败。

## 卜算子·奇旱观云

仙女播梨花，惬意而潇洒，时纵时矜聚散中，享尽悠和雅。　本自起山川，何故高高挂？莫待田皲土裂时，才化甘霖下。

# 王祖陌

王祖陌，海南省临高县人，1952 年生。临高工商局退休。海南省诗词学会会员。

## 高山岭登临

阁上凭栏一望收，海涯山色景悠悠。
亭亭玉寺临风立，汩汩神潭溢顶流。
别样楼台烟树拥，依稀炮垒夕阳愁。
沧桑历尽留丰韵，惹得诗人写不休。

## 重访下岭村

阔别归来忆昔游，欲寻不见旧荒丘。
绿茶常绿满山翠，红荔早红三月收。
利涉金桥春日架，通村富路近时修。
当年战地果瓜挂，无论冬春与夏秋。

# 王凌光

王凌光，海南省临高县人。曾任小学校长。中华诗词学会会员，海南省诗词学会会员。

## 自　感

天边云影日西驰，想入桃源路转迷。
陋室三春无燕贺，深居四月少莺啼。
诗犹学杜词偏俗，赋不逢杨价暂低。
松柏有心仍耐冷，让它芳草绿萋萋。

## 自感（二首）

### （一）

学似黄牛力勉田，吟诗作赋度余年。
世间万物皆提价，老却文章不值钱。

### （二）

人生命运渺如烟，宠辱辛酸莫再牵。
困苦艰难已过去，好将风雨化诗篇。

# 江城子·农村游

步行路上景观现，畅心头，笑眉头。绿水青山，得意乐中游。草木葱茏织锦绣，叶茂密，树花稠。　农村乡里起层楼，嵌花砖，漆红油，飞阁流丹，邻里互争优。凝目沉思非昔比，夸改革，赞宏谋。

## 王家龙

王家龙，海南琼海市人，1942年生。长期从事中学教学及教育管理工作。琼海市诗词学会会员。

### 蝶恋花·沙美写生

背岭临流明曲径，丰稔秋风、男女欢情泳。瀚海水宽波浪静，山青岭秀芳林盛。　对奕村民真雅兴，酣战门庭，围者助声劲。三两渔舟泊水顷，清歌一曲缠游艇。

### 点绛唇·白石岭远眺亭

历井扪参，小亭独在高峰上。与朋同赏，万里横烟浪。　长咏短吟，迁客骚人唱。莫惆怅，舞鞭前向，情感多豪放。

# 王琼升

王琼升，海南东方市人，1959年生。现在东方市地方税务局稽查局工作。海南省诗词学会会员，东方市诗词学会副会长，《琼西诗苑》副主编。

## 春 赋

才度元宵庆岁丰，几番花信又重逢。
黄鹂跃树催时节，白鹭飞田报日曈。
半夜轻雷池涨绿，连天丝雨野生红。
琼州大地耕耘早，已见禾苗[illegible]上葱。

## 东方水乡度假村

清莹浩淼龙涎湖[①]，澄碧湛蓝景色殊。
渠道纵横灌垄亩，树林苍郁映乡庐。
青山壁立如围障，绿岛星罗似散珠。
客宴鱼头高岭菜，教人畅饮忘归途。

【注】

①龙涎湖：东方市水乡度假村景点，在高坡岭水库中心库区。

## 游尖峰岭

携朋晓日到尖峰，踏上峭崖向碧空。
老子骑牛欣此处，吕公乘鹤在其中。
同攀高树观沧海，共过斜坡抱劲松。
极目天池玄鸟荡，满怀尽是乐融融。

## 照镜感赋

似水流年鬓已稀，枯容负却竞芳时。
春晴尚喜心神朗，一镜无尘每自知。

## 东河镇生态村即景

昔日茅房围土墙，如今楼阁映朝阳。
伴将岁月炊烟去，树绿禽鸣流韵长。

## 一箩金·西瓜种植基地写照

坡接青山延绿岭，一望无边，片片瓜园整。滚滚圆圆盘到顶，藤瓜株实相辉映。　梭织汽车争压境，询问商人，多是来邻省。临走回头签约定，码头明日装箱等。

## 王惠群

王惠群，海南澄迈县人，1952年生。干部。海南省诗词学会会员。

### 阅案

事实为据法为绳，卷牍在手重千钧。
一字一句费思虑，半丝半缕总关情。

不枉不纵惩腐恶，法治法护谱新篇。
昌明社稷道途远，侪辈奋勇齐向前。

### 咏石盆

风尘落定默无声，一入瞳眸感慨生。
洗尽人间千万苦，惟求奉献不争名。

## 王超群

王超群，海南临高县人，1927年生。历任县公安局副局长等职。海南省诗词学会会员。

### 斥吃唱风（二首）

（一）

绮筵款待已成风，一席千元脸未红。
小米步枪谁记取，可知贫户叹寒冬？

（二）

春光明媚好山河，借问谁怜五噫歌。
莫谓孔方消百虑，民安端赖政通和。

## 王辉农

王辉农，生于海南省琼海市。现在琼海市商务局工作。琼海市诗词学会理事。

### 采胡椒

炎炎烈日当空照，串串珍珠簇绿园。
撷果姑娘身背火，汗珠亦似玉珠圆。

## 王景恩

王景恩，海南省澄迈县人。现任职澄迈县计划生育协会。海南省诗词学会理事。

### 作客西岛

明珠闪耀海之南，西岛观光兴正酣。
快艇疾飞冲碧浪，丹阳直射化浓岚。
模型落地仿螺蟹，彩伞升空载女男。
不枉此行来作客，兹将感受细倾谈。

### 石磨

安落村郊野岭边，长年累月沐岚烟。
眼观树木参天劲，身伴山花遍地妍。
放入粗粢成细末，磨将精粉育良贤。
饱经砥砺吞风雨，默默耕耘心意专。

### 重游大拉文明村

暮春客涌浪盈门，乘兴重游大拉村。
友善深情充耳目，风光秀美胜桃源。

## 鹊桥仙·登泰山

凌晨四点，启程上路，疾步匆匆何去？茫茫大雾锁青山，齐叫喊、同行伴侣。　泰山耸立，群峰陡峭，挥洒心中之旅。更逢秋雨落连绵，战险恶、英雄儿女！

## 清平乐·游邢台太行奇峡群

太行奇峡，万丈云霄插。雄伟壮观名未假，何处敢争高下？　参天古木葱茏，清潭飞瀑其中。入境身心陶醉，一游其乐无穷。

## 王照光

王照光，男，1920 年生，海南省临高县人。广州国民大学毕业。新中国成立前曾任小学校长，县二区区长，国民党书记长，“国大”代表。后旅居美国。

### 游洛杉矶大峡谷

两岸层岩万丈悬，巨龙脱俗划深渊。
石林玉笋凌空耸，峭壁峰峦撑半巅。
绮丽仙宫藏日月，环围堡垒卫山川。
神工鬼斧新天地，一派奇观大自然。

### 回乡扫墓

黑发离乡白发回，蹉跎岁月暗悲哀。
临门不见倚闾影，幽魄可知哭墓孩。
戚友相逢犹隔世，夜园不变认孤槐。
蹒跚漫步儿时路，金色年华不再来。

### 初次回乡

飘萍湖海路苍茫，落叶归根未健忘。
五十年来今遂愿，月明独卧醉怀堂。

## 东沙行

鸟瞰汪洋浮一瓜，登临偿愿意如麻。
东沙本属海南地，对岸云烟是我家。

## 美国庭院花园

辛勤种得好花开，红映紫门香满台。
不羡洋兰娇欲滴，珠崖丹桂总低徊。

## 王锡武

王锡武，海南琼海市人，1947年生。中学语文一级教师。海南诗词学会会员，琼海市诗词学会会员。

### 长相思·喜琼海建成宜居城市

白石青，万泉清。琼海山河似锦屏，山幽水有情。　　鸟争鸣，花竞莹。环境宜人住与行，温馨享太平。

## 王锦福

王锦福，海南定安县人，1950年生。历任干部，农校讲师，定安诗联学会常务理事。

### 清平乐·赞上大坡生态新村

路如玉带，飘绕新村寨。厨绝乌烟厕无害，整洁新房康泰。　缓行吟咏苍红，畜肥禽硕粮丰。千载贫民变富，声声赞语凌空。

# 王豪任

王豪任，海南定安人，1941年生。长期从事教育工作。海南省诗词学会会员。

## 一剪梅·教坛抒怀

立足教坛三十秋，风过飕飕，雨过嗖嗖。兼程风雨荡轻舟，甜也悠悠，苦也悠悠。　　盛世欣逢解国忧，爱上高楼，住上高楼。园丁情沃百花开，笑在眉头，喜在心头。

## 王精雄

王精雄，海南省东方市人，1944年生。退休干部。海南诗词学会会员，东方诗词学会常务理事。

### 谒文天祥纪念亭

百里寻香拜履公[①]，久听烟雨换朝钟。
啼鹃带血洒青史，留得千山火树红。

【注】
①文天祥字履善。

### 中秋思母

立椎无地苦缠身，一担弯弯伴喘吟[①]。
今日中秋容有梦，茫茫何处可相寻？

【注】
①在旧社会父亲早逝，母亲守节，以挑担谋生计。

### 珍惜夕阳红

人生短暂露朝晞，弹指年华入暮西。
何望柳条垂系日，快鞭催马拾余时。

# 王镇宁

王镇宁，海南琼山人，1932年生。曾任国营红明农场科研所所长。中华诗词学会会员，海南省诗词学会理事，永兴诗联社社长。著有《东园诗联集》。

## 重游马鞍岭兼走访荣堂老村（二首）

### （一）

寻踪胜迹古荣堂，一万年前喷异香。
廿洞绵延连十里，双峰耸翠绕千行。

### （二）

岩层底下藏珠宝，火口周边遍树槐。
太古仙门天地阔，荣堂今日耀春台。

## 文先居

文先居，海南省东方市人，1929 年生。历任中小学教师，东方市计委副主任等职。

### 告沽名钓誉者

沽名钓誉小爬虫，以假充真变色龙。
日照原形终毕露，方知头上有包公。

### 读《琼西诗苑》后（三首）

（一）

彩霞高处唱晨鸡，万马迎风欲试蹄。
萧艾已锄花更好，痴情万斛作新题。

（二）

耆英新秀咏诗忙，各显才华漫墨香。
借古说今随笔意，神州无处不风光。

（三）

虚怀阅读古今书，文物风光代有殊。
探骊取珠敢入海，紧随时代颂新时。

# 文武宪

文武宪，海南省东方市人，1955 年生。1971 年在原籍当农民、渔民，后转任教师、干部。1988 年 8 月调入海南省总工会，曾任海南省总工会机关党委副书记。海南省诗词学会会员。

## 旧事抒怀

仆仆风尘竞夕阳，归门日日见平常。
炊烟缕缕无新意，家畜声声复旧章。
水井村头儿步急，煤油灯下母针忙。
劬劳一日身松架，为效明天入梦乡。

## 耕　田①

鸡鸣梦破启征程，几亩方田十里耕。
倒海翻江犁舵稳，污泥浊水浪花腾。
黄牛蹄健惊鞭舞，好汉气昂疾步蹬。
尔赶我追声炫闹，鞍松已是日东红。

【注】

①本人故乡（海南岛西部）习惯于早起耕田，3 时左右出工，7 时左右收工。

## 游泰山感赋

索卷车飞遨碧空，居高瞭望画屏重。
诗书古迹千秋绝，庙宇绀宫万代雄。
孔子堂前怀圣切，玉皇殿里敬香浓。
封禅东岳名天下，胜景多姿百态荣。

## 天涯海角

极目烟波云彩间，浮舟点点水端连。
天涯有外南天远，海角非尖碧海环。
昔日名家留翰墨，今朝贵客恋银滩。
繁花长笑椰枝舞，腊月春衣处处欢。

## 母 爱

十五谋生故土离，娘亲打点泪沾衣。
倚门目送心惆怅，忧我裳单腹里饥。

## 九寨沟湖景

九寨神奇出镜湖，平分天地彩云浮。
正逢秋色红黄映，一幅壮观美画图。

## 浪淘沙·西沙

碧海尽天涯，翠点西沙。千般景色跃鱼虾。长夏暖冬荣四季，水映春霞。　　猎猎五星花，艳丽无瑕。飘香万里耀中华。热血丹心儿女志，效国安家。

## 文周发

文周发，海南省东方市人，1939 年生。在家务农。现为东方市诗词学会会员。

### 故乡之情

长饮昌江水，永思我故乡。
春来花满树，夏到果浓香。
乡土容颜改，人家康乐双。
亲邻情谊厚，短信报丰穰。

## 文配山

文配山，海南省东方市人，1937年生。历任东方县委党史研究室主任，东方市委党校副校长，东方市诗词学会会长，海南省诗词学会理事，中华诗词学会会员。编著《小园香韵》、《道清诗词一百首》（海南诗词网·人个专集）等。

### 缅怀陈岩老

我慕陈岩老，风标天下闻。
善文兼勇武，重理并躬行。
党史把关正，唯心不可侵。
仙游辞世去，盛德永清芬。

### 孙中山故居观感

群山环抱翠亨村，珠水潺流映旭暾。
路上木棉红蕊放，阶前石井绿苔痕。
卧龙酸豆添奇色，枯柄巨榕倍有神。
四季如春风景美，地灵物阜出斯人。

## 游肇庆鼎湖山

鼎湖山水好风光，修道养生强气场。
古木葱茏掩涧岸，龙潭飞瀑鼓笙簧。
欣闻佛肚蜂巢结，喜见岭头草药香。
深刻大书榜未遂，随园小楷意深长。

## 咏八所

曩时荒僻大沙滩，今日繁华极乐园。
如画鳞洲招远客，闻名港口泊鲸船。
铁龙奔轨业兴旺，广厦连天市井然。
改革宏图初实现，满城前景更奇观。

## 游高坡岭水库（二首）

### （一）

高坡碧水漾清香，牛壮鱼肥稻菽穰。
昔日大兴农牧业，如今扩建旅游庄。

### （二）

轻舟破浪笛雷鸣，墨客畅游山笑迎。
无限风光飞眼底，赏心悦目涌诗情。

## 木棉树礼赞

三月木棉花放红，彤彤胜火漫长空。
春风伴奏清平乐，欢庆人间造化功。

## 庭院古榕礼赞

院中祖植美髯公，高耸入云气势弘。
独树成林深绿荡，年年好景沐家风。

# 文培坚

文培坚，海南省东方市人，1938 年生。曾为乡镇干部。东方市诗词学会会员。

## 登洲子岭观感（二首）

（一）

导航灯塔矗鳞洲，破浪青龙海上游。
隐约千帆齐竞发，海天烟景眼帘收。

（二）

鱼鳞岭上美肖亭，巨桂长梁石铸成。
百级阶梯皆石筑，造型精巧彩云生。

## 迎春炮竹花

大寒临近告冬终，几处围墙披彩虹。
放步跟前迭声叹，原来炮竹笑丛中。

## 文锦春

文锦春，海南省东方市人，1957年生。1985年参加工作，任中学教师。先后加入东方诗社、东方诗词学会（理事），海南省诗词学会。

### 踩自行车

南北驱驰日，饱经风与尘。
双轮年月转，满口古今吟。
不避季风逆，敢迎阵雨淋。
春秋冬夏过，坎坷炼雄心。

### 连战归访大陆有感

迤逦河山绘壮图，鸿沟喜见鹊桥铺。
冰川解冻和风暖，竹帛增光瑞气殊。
赤子还乡鸣彩凤，春雷化雨绿香蒲。
双赢海峡波涛静，归汉心声沸五湖。

### 怀念舅父赵国璧与舅母双烈士

深憾平生不识容，只凭先辈觅前踪。
双忠碧血河山染，孤女伤心天地中。
可惜明珠埋乱草，仍存浩气化长虹。
流芳岁月悲而壮，三月烟花竹炮隆。

## 咏 怀

骨气难随岁月寒，墨花不逐泪花干。
惊回恶梦曙光照，喜抱朱弦月色弹。
千幅面纱心内鉴，卅年流水案中看。
平生酷爱唐贤句，韵海扬帆天地宽。

## 征 雁

雁字惊寒声自悠，冲开一路雾云稠。
志存高远关山越，怀抱澄清沧海流。
万里河山留倩影，兼程日夜有奔头。
瞻前路阔无俗障，足下青云何必愁。

## 许作祯弟枉过敝庐

真诚喜到故人家，把握匆匆无好茶。
硕望驰神悬梦忆，清风驻足发心花。
茅台斗酒奚辞醉，桑海丛谈岂有涯。
欲去还留伤阔别，难期后会惜年华。

## 忆推磨

发妻在时，尝做糕点小买卖，吾常闻鸡而起，助其推磨，聊表减负之意。追思往昔，感慨系之！

与世无争我老牛，惟将推磨学风流。
雷声辘辘惊云雁，雪液涓涓凉夏秋。
将恶梦魔来粉碎，到新寰宇作周游。
推知进退循时势，踏破红尘不复愁。

## 悼发妻

燕去声销夜渐长，挑灯时展嫁衣裳。
敝衣不耐风霜冷，巧手能当岁月忙。
月证寒宵春煦暖，天教歧路泪凄凉。
山盟犹在前缘继，念及遗踪德不忘。

## 方又新

方又新，海南省临高县人。曾任小学校长。中华诗词学会、海南省诗词学会会员。

### 贺王老凌光偕夫人八八华诞

辉煌南极映楼台，绮丽瑶池宴大开。
鸠杖并扶登寿域，金樽齐举醉仙醅。
芙蓉帐暖欣同赏，兰桂香浓笑共培。
争羡晚晴夸百岁，会逢燕侣步蓬莱。

### 丁亥重阳登高

重阳佳侣并肩行，揽胜毗耶觅旧情。
暮景清幽增客醉，秋风肃杀绝虫鸣。
年高岂怕攀登峻，路陡只凭步履争。
纵目层林呈异彩，无边美景满江城。

### 咏太阳花

愁城苦雨一朝晴，花蝶缤纷小院清。
不是天恩垂玉露，那堪英气吐峥嵘。
园丁不惜平生劲，青帝尤抒造物情。
喜看满园争富贵，互无相让竞春荣。

# 赞海瑞

海公正气贯苍穹，世颂甘棠万古同。
履险谏君安命短，养廉为政任家穷。
当年历劫惊犹梦，此日罢官震欲聋。
留得丰碑昭日月，只缘两袖满清风。

## 方汉祥

方汉祥，海南省临高县人，1959年生。自由职业。海南省诗词学会会员。

### 玻　璃

甘愿遮风雨，清高逆俗流。
光明关不住，硬骨写春秋。

### 临高角晨景

锦海春潮旭日嫣，银滩翠带碧波连。
远帆点点红霞底，疑是轻舟上九天。

### 武联港春暝

港湾夕照滟波延，一色海天万里船。
坐爱涛声初上月，飘来渔曲庆丰年。

### 夜三亚

夜泊孤舟明月楼，高层不见鹿回头。
流星车水舞歌醉，叫卖乡妞街上愁。

## 方成隆

方成隆，海南省临高县人，1946 年生。美良水利所会计。海南省诗词学会会员。

### 赞冯白驹将军

铮铮铁骨正英雄，力挽狂澜砥柱功。
帜树南天垂不朽，高风代代贯长虹。

## 邓 云

邓云，海南省三亚市人，1940 年生。律师。海南省诗词学会理事，三亚市崖州民歌协会会长。

### 三亚南山

一山涵二胜，且是佛和仙。
佛迹南山寺，仙缘小洞天。
攀梯登试剑，拾级向桃源。
极目波涛处，渔舟搏大千。

### 天涯冬种

鞭叱惊晨鸟，催蹄碎露霜。
犁耙青壮赶，播种妇姑忙。
汗滴禾苗秀，身沾果菜香。
农村风景线，踏月稼歌扬。

### 躬耕迈小康

宿鸟归林静，田间稼语声。
荷锄巡水道，戴月理瓜藤。
蛙唱稻香里，萤飞椰径轻。
躬耕新体制，迈步小康程。

## 漫步清澜高隆湾

清澜椰魄婕琼南，敢抱高隆作海湾。
连碧长廊三十里，茫茫一片醉清澜。

## 水调歌头·三亚宁远河

宁远西流水，源起五峰间。洗涤青山座座，不怕道回旋。穿出险滩峡谷，流过荒原沃野，富庶半琼南。入海崖州处，极目尽平川。　大型坝，官田渠，得天然。只引清溪数喷，满足万顷田。今建大隆水库，可灌嫦娥桂地，福泽遍山巅。天地之灵气，现代化资源。

## 邓人熙

邓人熙，海南省文昌人，1957 年生。文昌中华诗文学会会员。编著《民谚追踪》等。

### 乡村秋趣

八月芒花化絮飞，秋高气爽蟹鱼肥。
童孺把钓提篓出，妪妇呵牛背草归。

### 雨后观小童玩纸船寄怀

小孩掏路造河流，堵土围堤放纸舟。
触景生情牵旧忆，儿时稚趣恍悠悠。

### 赴宴归晚

一点归心寄快车，盈窗秋色夕阳斜。
烟川渐近浮村景，流水蛙声入稻花。

## 邓仁为

邓仁为，海南省文昌市人，1938 年生于马来西亚。曾任文昌第二中学副校长。海南省诗词学会会员，文昌市中华诗文学会副会长。著有诗词集《黄昏吟》等。

### 水调歌头·新加坡培群校友会侧记

昔日同研读，现已白头翁。征程各自催马，历数十秋冬。母校扬名脱颖，学子功成业就，故地喜重逢。合计献余力，岁岁送东风。　陌生面，生疏地，语相通。乡音唤起亲热，异域更情浓。一首《月圆花好》，影曲《英雄儿女》，祖国在心中。华裔唱华曲，凝聚力无穷。

### 满江红·悼新加坡侨领赵玉山先生

赤子仙游，天地暗，山河啜泣。一世纪，琼新两地，不遗余力。卓卓功勋琼馆载，巍巍铜像培群立。顾问名，主席职全肩，声名赫。　恋桑梓，怀故国。修道路，扶乡邑。更钟情教育，普施恩德。紫贝校园捐巨款，山城群众收多益。誉楷模，称典范侨贤，殊荣极。

# 邓华碧

邓华碧，海南省东方市人，1952年生。现在海南省八所港务有限公司工作。海南省诗词学会会员，东方市诗词学会会员。

## 满江红·中国入世

泱浩神州，一个梦，木锤定落。十五年，风雨飘摇，颠波无挫。炎黄子孙坚志在，中华儿女宏图握，诚相交、朋友遍天涯，人心获。　　参世好，国门阔。行贸易，出佳货。守规则、永保胜优汰弱。国个股份联强体，外商产业尝甜果。看他年、裕众富国时，乾坤乐。

## 水龙吟·罗带河畔

洪荒起自东来，涓流弯绕如罗带。生息繁衍，男耕女作，忙庸几代。地瘦天干，蝇多风大，酸瓜苦菜。却港机高耸，蛟龙怒吼，酣眠醒，雄姿待。　　邓总雄才大略，改革开放功如岱。编织袋厂，海燕煤气，南洋油载。发电风车，海天石化，农牧宕骀。望西工业廊，龙头沸滚，驾风飞迈。

## 邓柔刚

邓柔刚，1946年生，广东徐闻县人。现任海口市秀英区关工委秘书长，秀英区诗联学会会长，系中华诗词学会会员，海南省楹联学会副会长，海南省诗词学会理事。已出版《木山轩诗联集》《对联写作与欣赏》《传统诗词格律举要》等。

### 步韵奉和包德珍女士《感事》

少时追梦似云烟，半解宫商却抚弦。
道是三春无赤地，岂知六月有霜天。
炎凉世态司空事，势利官场霸道权。
今日卸肩由我去，挥毫泼墨度余年。

### 花甲吟

人生若梦莫当真，花甲风霜染鬓痕。
宦海孤舟难竞渡，书山活路任登临。
新潮电脑为游戏，传统诗联作玉音。
离岗安期潇洒日，心怜老伴病缠身。

## 游东郊椰林

碧水轻舟去采风，情思欲寄砚池中。
东郊椰海连天远，西岸丛林映日红。
别墅清幽人少顾，舞厅华丽座稀空。
文昌旅业当何去？莫负乾坤造化功。

## 月华清・无题

历史长河，人生一瞬，自寻烦恼何苦？寡欲清心，静养精神筋骨。贪酒色、难免伤身，图贿赂、多遭迷误。知不？此昭昭天理，冥中有数。　　未料流年险阻。叹雨打残荷，又逢寒露。落叶心花，期盼暖风呵护。堪回首、世态炎凉，抬望眼、云山恍惚。惊悟！且亲躬挥钺，披荆开路。

## 东风第一枝・缅怀检察官程劲

程劲升天，旅途短暂，光辉长耀琼土。清廉正直无私，办案认真神速。“三郎拼命”，累出病，无能留住。可惜也，一辈单身，未晓港湾馨屋。　　拭泪水，化悲止哭。学典范，开云破雾。追求高尚人生，拓展辉煌道路。从零做起，不弃小，显君大度。向前走，朗朗乾坤，喜见彩云飞渡。

# 邓海云

邓海云，1978 年海南出生，祖籍广东徐闻。曾在海口美兰机场供职，现为自由职业者。系海口市秀英区诗联学会会员。

## 如梦令·别意

狂笑人生如梦，长路冷清谁送？酒醉醒来时，如浪心潮汹涌。思痛，思痛，残月如钩谁弄？

## 捣练子·忆故人

难再聚，旧时人，月照窗前忆玉音。莫道少年狂似火，焉知深院泪沾襟！

# 尹溱渊

尹溱渊，海南省三亚市人，1949 年生。中学美术教师，中华诗词学会会员，三亚市诗联协会副主席。

## 咏庐山松

遍岭青松寿万年，葱葱郁郁绿生烟。
危崖挺拔凌空起，峭壁从容立足坚。
云雾翻飞增峻茂，雪霜肆虐倍新妍。
五峰日出芙蓉现，秀丽风光接远天。

# 甘有成

甘有成，1926年生，海南省儋州市人。1944年参加革命，曾任连指导员、团党委常委、政治处主任、师政治部科长等职。现为中华诗词学会会员，儋州市中华诗词学会副会长。

## 鹧鸪天·结婚六十五周年赠内

风浪同舟六五秋，峥嵘岁月两情投。并肩奋战歼顽敌，携手兴邦作子牛。　昌国运，富神州，银丝天使乐悠悠。寒梅瘦竹相濡沫，恩爱糟糠夙愿酬。

# 甘先琼

甘先琼，海南省琼海市人，1936年生。曾任琼海市委宣传部部长，文联主席，市人大常委会副主任等职。现为中华诗词学会、海南省诗词学会会员，著有《晚晴诗词稿》等。

## 乡居感兴

家住万泉西复西，山环水抱梦萦之。
日耘园圃看花笑，夜赏月华听鸟啼。
沽酒邀朋温旧事，敲诗炼句铸新词。
乡音悦耳撩人醉，常乐心头不可支。

## 谒海瑞墓

肃穆陵园拜海公，抬棺谏帝有谁同。
抑强扶弱群情重，惩恶锄奸政绩丰。
一代名臣碑碣树，千秋功德庶民崇。
粤东正气今犹在，反腐扬廉振国风。

## 晚　晴

宿雨黄昏后，风柔野色明。
残霞燃落日，晚景愈峥嵘。

## 返乡观老屋怅触

篁竹葱葱隐半墙，灰砖裂瓦记沧桑。
庭园依旧斜阳里，不见当年老母娘。

## 风筝（二首）

（一）

纸糊篾扎骨偏轻，晃尾摇头向上升。
一线若非身命系，微风何以步云程。

（二）

万里长天戏白云，凌空升降命由人。
安知何日银丝断，身坠尘泥无处寻。

## 蝶恋花·胡锦涛和连战历史性握手

历尽艰辛风雨路，游子归来，重认炎黄祖。寻梦钟山瞻国父，金陵往事心头驻。　　握手和谈倾肺腑，捐弃前嫌，恩怨东流付。众望择时归故土，岂容孽种谋“台独”。

## 江城子·八达岭长城登眺

此生何幸上长城，喜攀登，拾阶行。万里雄关，起伏若龙腾。铁壁铜墙千古仰，辉日月，历阴晴。　　妖娆北国日蒸蒸，瞰河清，望云宁。绵绣中华，处处乐升平。烽火楼台成画境，游客众，笑声盈。

## 西江月·童年记趣

犹记穿林捕鸟，难忘戏水摸鱼。秋凉月白晚风酥，听取乡人说古。　　竹马乐驰村野，风筝喜放空虚。童年玩耍不离书，牛背放声攻读。

## 鹧鸪天·友人函问退休近况，戏答

告老还乡任遣闲，随心所欲自由天。再无杂事扰清梦，常有新醅可醉眠。　　千嶂里，万泉边，乐山乐水若神仙。新朋旧雨如相问，未减疏狂似少年。

# 叶清仰

叶清仰，笔名崖州浪子，1948年生，广东普宁市人。中华诗词学会、全球汉诗学会会员，海南省水晶诗社理事。

## 游琼中百花岭

偕友琼中去，寻幽到百花。
日从山脚上，月向岭巅斜。
林密闻啼鸟，云深有住家。
飞流三折泻，溅起一川霞。

## 寄友人

满院落红春已深，无端乱绪苦相侵。
可娱事每非人意，遣闷诗长是角音。
千里烟波劳远梦，寻常俗务误归心。
身闲更觉溪山好，脚力纵微强再临。

## 读《幽梦影》偶成

枯叶带虫飞，黄花随雨落。
秋声挂树梢，天际翔丹鹤。

## 偶 成

矜名不若逃名趣，练事何如省事闲。
结友林泉心自乐，食能甘味寝能安。

## 浣溪沙·感怀

异地购得家乡茶与友人痛饮，兼答友人劝成家。

片片乌云把月遮，茫茫长夜闻啼鸦，成家立业望中赊。　　莫对旧人谈旧事，且将新火试新茶，浓香纯味是春芽。

## 青玉案·山居拾趣

山居自有山居趣，任思绪，随风去。蛱蝶蜜蜂相伴舞。山花怒放，山鸡梳羽，山谷啼鹦鹉。　　清风袅袅消炎暑，屋后槟榔屋前树。一片神思飞广宇。蟾宫玉兔，晨星晓雾，敲作诗词句。

## 鹧鸪天·山行偶得

乘兴上山走一回，蔓藤挡道草萋萋，林间偶见阳光漏，幽谷频听野雉啼。　　云碰额，雾摸髭。未闲人趁有闲时。拾来几句平平仄，凑作新词自解颐。

## 沁园春·宝岛吟秋

万里晴空，碧天如洗，窅窅悠悠。见梧楸吐绿，竹松含韵，百虫迎暮，宿鸟啁啾。风送清香，蝉歌妙曲，正是天凉好个秋。花明艳、惹蜂飞蝶舞，恋驻枝头。　　上苍独厚崖州。看瑰丽秋光孰与俦？有浅黄深黛，嫣红姹紫，林苍翠滴，水碧鱼游。阵雁排云，群鸥戏水，五彩缤纷映入眸。心舒畅、把烦愁尽弃，乱绪全丢。

## 满江红·药材场感怀

送鼠迎牛，移根至、官冲岭侧。浪游人、走南奔北，往来为客。六载为师成过去，三秋顾问谁人忆？鬓初霜，况不惑将近，光阴迫。　　业未就，闲不得；重奋起，宜须急。钻书山艺海，广搜知识。百炼千锤基业立，任劳任怨吾无惜。戏填词，寄旧雨新知，常鞭策。

## 摸鱼儿·山居偶得

正初秋，一番轻雨，尽消闷热炎暑。东岗老树添新绿，西岭林岚如幕。花满路，风正起，暗香吹入千家户。沁人肺腑。看秋水平湖，鸭鹅成阵，荷伞湖中举。　　结庐处，虽说稀朋少侣，却来南浦鸥鹭。陶情未必繁华地，僻壤也多情趣。蛙击鼓，枝叶语，山花烂熳招蜂聚。莺歌燕舞。倩青帝施威，一川好景，都给我留住。

## 贺新郎·回乡有感

海角飘零雁。乍归来、何曾认得，故乡新面？多谢亲朋长记挂，可把愁眉舒展。洗征尘、茶香饭软。问暖嘘寒情切切，得相逢、已慰平生愿。杯再举，酒斟满。　　故乡自古人人恋。者般情、千丝万缕，利刀难断。闯荡天涯多坎坷，半世奔波辗转。历磨难、家常便饭。苦辣甜酸都尝过，算枯荣、早惯司空见。天莫恨，地休怨。

# 八宝妆·山中闻鹃

狂舞商羊，纷飞石燕，阵雨尽收溽暑。莫道山中人寂寞，耳畔频敲蛙鼓。夜风轻拂。老篁新吐青茵，葳蕤枝叶嘈嘈语。遥望碧天如水，撩余思绪。　　惆怅客路蜿蜒，乱丝万缕，家山远隔云雾。每欲返、大洋横阻；倩谁说、满怀情愫；待何日、亲朋共聚？杜鹃未解离人苦。正句句声声，阿哥你，不如归去！

# 史诒谟

史诒谟，海南省东方市人，1923年出生。任教于东方市，已退休。

## 缅怀宋庆龄副委员长（二首）

### （一）

德才兼备出名门，巾帼英豪举世闻。
不负中山之遗志，坚持革命献青春。

### （二）

反蒋尊毛意志坚，共和民主毕生争。
爱民爱国呕心血，遗爱千秋照汗青。

# 卢灵和

卢灵和，海南省东方市人。任过民办教师，村委干部，现为汽车司机。东方市诗词学会会员。

## 车上口占

意气横空戴月游，一生遨览遍神州。
驱车一日三千里，不负人间九百秋。

## 卢家瑞

卢家瑞，海南博鳌人，中学教师。海南省诗词学会会员。著有《腾飞诗文集》。

### 奥运圣火传递感怀

祥云卷东风，圣火五洲红。
扬旗波浪涌，挡道螳臂空。
世界一心共，迎宾七彩中。
万方歌奥运，豪气贯长虹。

# 卢清文

卢清文，海南省文昌市人，1942年生。历任教师，财税、工商干部，文昌市中华诗文学会理事。

## 东寨港夜景

疑是银河星斗落，灯光万盏耀西溪。
网箱处处蜃楼立，十里晶宫潋滟奇。

## 丘天涯

丘天涯，海南省儋州市人，1941 年生。医师。中华诗词学会会员。

### 海南椰树

直立南天翠盖赊，任它日月影横斜。
荒年玉脂充饥饼，炎季琼浆解渴茶。
凤尾善遮风与雨，龙根稳锁浪和沙。
弥天烽火“椰林曲”，撼世娘军出此家。

### 月是故乡明

离家去国几经年，茅店鸡鸣创业艰。
美钞未干游子泪，梦魂长绕泰山边。
那堪族难愁秋水，况是民强兴禹天。
明月更看人海外，乡心同认故庐圆。

### 五指山

巍哉五指碧霄连，撑拄摇摇欲坠天。
捧出神州新日月，拨开人世旧霾烟。
银河水借人间用，宇宙星擎天上悬。
指点江山凭巨手，赢来举世望中原。

## 海南情思

奈何热土总神驰，每别江乡系所思。
物产丰隆三叶橡，人文胜迹五公祠。
椰香万里天涯路，浪涌千秋海角诗。
隔岸几回抬望眼，水天捧我一明珠。

## 过卢沟桥

喜见桥头换旧装，敢忘七七此开场？
蛇儿早定吞龙计，总统鼓吹安内腔。
屡痛华园遭寇难，长怀碧血沐花黄。
多情最是卢沟月，犹照弹痕薜荔墙。

## 感旧寄温哥华

未了痴心日月悬，粼粼春汛涨愁边。
花前盟誓人中杰，梦里重逢水上烟。
纵有轻鸿传别句，枉将锦瑟记流年。
那堪回首书窗约，检点残情只自怜。

## 游漓江

才疏未敢背诗囊，枉我桴槎入画廊。
雾锁高峰迷老眼，歌回绝壁荡愁肠。
山生奇处真疑假，水转柔时短望长。
几度桂林难遽别，勾留多半是漓江。

## 赴重庆江津龙门镇从师道中

劫后河山正遇春，征鞍一路破红尘。
巴山缥缈云中鹤，蜀水苍茫画里人。
舞柳碧催寒食近，醉桃痴笑后生贫。
沉沦喜有雄心在，敢扣龙门一问津。

## 包德珍

包德珍，女，满族，黑龙江省呼兰县人，1940年生。中华诗词学会理事，海南省诗词学会副会长，萧乡诗社创始人之一。有个人诗集《龙海吟》，与白伏喜教授合编《龙海吟虹》，与友人合著《萧乡雪》《梦云秋》等诗集。

### 感　事

曾待天风送好音，惊涛唯有大江寻。
空怜画壁龙盘久，更叹粮仓鼠卧深。
昨望田畴鞭马啸，今闻海畔落潮吟。
闲云来去知千古，几予清宵日月心。

### 游潮州开元寺

开元万寿寺腾芳，点化苍生共进香。
方丈厅前纷步履，藏经阁里历沧桑。
青烟缕缕犹能测，碧海茫茫怎易量。
未及虔诚凝夙愿，轻风一哂满头霜。

## 渔艇之歌

一曲渔歌一惘然，帆摇岸柳枕风烟。
无凭浪迹终难测，易老生涯未及悛。
碧水为炉烹美蟹，青峰作帐续残篇。
夜深自问心何许，半个诗痴半个仙。

## 有感诗界学术争议

裁章取意视为凭，纸上云烟今又腾。
好梦勾心心梦涨，闲情调酒酒情增。
攀权有癖讹张俗，作赋无才妒李能。
到此回头应自悟，清风涤荡乱波澄。

## 遣怀杂吟

为唱秋风放棹歌，穷程万里任蹉跎。
出门莫管阴晴路，上阵自分真假戈。
愤慨多时翻梦境，倾愁极处出旋涡。
累揩昨日临行泪，好逐心帆再击波。

## 游天涯海角怀苏亭有感

天涯海角几迷离，写向当年拓笔迟。
婉转林声迎晓月，徘徊云影索狂词。
椰风欲诉千秋怨，海水频淘一代痴。
多少情怀吟未了，魂旋浪迹斗星移。

## 闲 遣

逐日寻春又送春，吟残风月久逡巡。
诗从偶尔求灵气，理在安然见性真。
无欲佛僧空有梦，多情杨柳任缠人。
胸中悟趣和琴韵，指挑波澜品味新。

## 感 事

神仙难写护身符，大气回春木渐苏。
王傅①宅中藏硕鼠，太师②桥畔卧勍狐。
兵戈乱世多雄卷，歌管清时潜伪书。
醉倒花前无一事，繁华过后悔当初。

【注】
①王傅：宋徽宗时任宰相，卖官鬻爵，建立豪华住宅。
②太师：蔡京，受徽宗宠信，贪污骄奢，有豪宅与花园数十里。

## 遣　怀

争留春住再修身，每觉心清物候新。
得道乾坤追亘古，藏胸宇宙吐经纶。
秋成七色风开目，夜近三更月静人。
悟到阴阳玄妙处，沧桑历尽法归真。

## 游假日海滩

入耳潮声不肯休，狂时曾撼岸边楼。
西来鹤翥云山路，东望涛惊风雨舟。
若了浮名无限累，先抛俗梦几分愁。
红尘滚滚缘何尽，又见黄花斗晚秋。

## 高阳台·登岳阳楼

十二螺峰，千三鹤屿，古今风物名扬。湖面天心，清波影漾山光。寒风吹老前朝树，仰范公，铭记沧桑。点兵台，晓月横烟，曾几辉煌。　神仙何止三回醉，看芷兰潇洒，又为谁香？川楚洪流，洞庭水咽声长。孤舟昔日凭栏泪[①]，挽狂澜，踏浪茫茫。问名楼，多少征人，云梦他乡。

【注】

①杜甫句：“戎马关山北，凭轩涕泗流。”

# 高阳台·对菊

百蕊流金，千枝叠翠，秋英一展丰姿。露浥轻尘，清芬漫洒疏篱。婆娑倩影君前舞，恰逢时，谁道来迟。意拳拳，未嫁东皇，缘结霜期。　　平生只唱孤芳曲，对凄风苦雨，唯许娇痴。衰草斜阳，回眸万里沉思。香云冷路天无际，展鹏程，应剪忧丝。最关情，书味灯知，心事谁知？

# 冯凤昌

冯凤昌，海口市人，1917 年生。海南省诗词学会会员。

## 海南建省喜赋

远处天涯角，海南宁久微。
山川终古秀，草木四时葳。
地蕴金银阜，海饶鳞介肥。
中枢好定策，指日见腾飞。

## 悼念林友梅

不愠桑榆晚，唯怜寝病身。
浮生垂八秩，阅世历千辛。
踞石敲新句，步园忆故人。
老梅遭蛀折，不复共娱春。

## 重阳登文笔峰

金风送爽好山行，文笔峰高健步登。
蹑级毕穷三百蹬，问年乃属九旬龄。
俯看庙宇蜗庐小，笑眄浮云锦带轻。
飚落无情紧咒帽，超然物外乐馀生。

# 丁亥夏冯氏宗祠祭祖

追维先德仰遗勋，赫赫功劳感后昆。
紫带丹衣绵祖泽，本根枝叶沐宗恩。
诚虔禴祀酬安泰，祥瑞和谐友族群。
彩炮喧嚣钟鼓闹，欢腾吉庆乐纷纷。

# 冯志云

冯志云，海南定安人，生于 1971 年。曾于家乡当过代课教师，后因故下岗。现为海南省诗词学会会员。

## 题定安见龙塔（四首）

（一）

立地擎天二百年，沧桑几度且巍然。
喜看龙跃歌嘉世，更显威名四海传。

（二）

凌霄只为励群才，更兆民安泰运开。
君到人间招褒贬，无言默默任评猜。

（三）

听猿亲月自年年，嘉树奇花万样鲜。
欲想抒怀吟啸客，宜来登陟览千川。

（四）

侧畔江流浩浩行，横空睥睨见豪英。
一枝千古雄奇笔，代赋鸿篇播远名。

## 读陆游《示儿》

临去犹思复旧疆，以诗嘱子义情长。
古来骚客知多少，爱国谁人似陆郎？

## 读辛弃疾词

徒有雄才欲补天，奈何举国尽昏眠。
清词聊赋抒豪志，泪洒西风抚剑弦。

## 冯骥德

冯骥德，1922 年生，海南省万宁市人。国立长白师院国文系毕业。新中国成立前曾任湛江市志成中学总务主任，1950 年任万宁中学总务主任，1953 年任屯昌中学语文教研组长至退休。著有《偶而诗词集》。

### 雷　雨

一声霹雳震窗东，雷电交加云更浓。
蕉叶有心知卷雨，杨枝无力只随风。
荷花今日洒清泪，桃蕊何时怒放红。
哪得云收现白日，光芒万丈照青空。

### 秋日寄友人

秋风飒飒雨丝丝，怅念伊人慨别离。
为照新衣伤瘦影，缅怀往事锁双眉。
雁飞每怕凭栏看，梦醒常疑作客归。
赋就新诗重寄语，好生珍重在天陲。

## 退休书怀

教育英才非自囚，讲台上下几春秋。
斋窗昼夜挥红笔，绛帐风霜变白头。
桃李无声夺眼目，弦歌有意竞风流。
归来更喜孙偎膝，绿树庭前高过楼。

## 久别重逢蔡义民

劫后余生邂逅逢，乡音半改发霜浓。
归来共饮故乡水，别去长思晏子风。
往日东山余邃谷，今朝楼阁胜华嵩。
青山不老人先老，喜见春光逐腊冬。

## 蛇年迎春

炮竹声声送玉龙，银蛇映日舞春风。
山欢水笑千家乐，国泰民安一统同。
海角琼花凝馥郁，珠崖椰蕾荟葱茏。
行人欲问今何世？海外桃源开放中。

# 步和魏宗周先生原韵

剪燕南飞去复还，东风过处百花欢。
蔷薇篱下随心吐，红杏枝头任意看。
一派红云日不落，满园桃李色无惭。
殷勤寄语苍松柏，昼夜涛声伴竹弹。

# 邢开芳

邢开芳，海南省洋浦开发区人，1944 年生。退休干部。中华诗词学会会员。

## 怀张志新烈士

国庆又临说志新，英雄形象永铭心。
坚持真理贞难屈，痛斥顽奸节不淫。
黯淡山川悲烈女，昏沉社稷哭忠魂。
春阳今已驱寒夜，血写诗篇万代吟。

## 邢谷雄

邢谷雄，海南琼海人，1922年生。小学教师。海南省诗词学会会员，琼海市诗词学会会员。

### 日前会文墟偶遇七十年前文昌中学同学林君，相谈之下无限感慨。归后咏此寄赠（二首）

（一）

别后依稀七十年，相逢如梦两狂欢。
清茶一盏谈身世，朝代几更论险安。
笑我余生犹健步，喜君劫后尚恬然。
如今既得天伦乐，莫怅黄昏薄暮天。

（二）

久蛰乡村疏友人，相逢邂逅莫非缘。
以茶代酒侃心事，叙旧谈新忆昔年。
既历崎岖知道险，同经风雨识时艰。
几多往事随流水，且喜今朝日历掀。

## 我购此单车已十余年至今仍用代步，寒暑不辍

朝夕随行五千日，冒寒串暑总欢然。
久经世道知坎坷，尝尽人情识苦甜。
怜汝残躯仍负重，笑吾耄岁尚吟鞭。
斯生只愿常相伴，共享太平乐暮年。

## 墟日老人茶聚记趣

清茶一盏聚同寅，满座春风意兴新。
论学谈诗寻妙句，同心协力构佳帧。
辞多慷慨陈时弊，语不浮华混伪真。
格律仄平几选剔，太阳不觉已天心。

## 咏山藤

自诩高攀欲上天，傲看群树俱侏人。
未谙世事如云雾，一旦树枯同化尘。

## 百日红（二首）

（一）

村边野外任居留，天赐胭脂不饰修。
筚户蓬门谁顾盼，孤芳自赏亦风流。

（二）

吐芳百日尚新妍，风雨病虫总泰然。
笑彼红颜多短命，岂知恬淡足延年。

## 邢纪元

邢纪元，1945年生，海南省万宁市人。国家一级编剧，中国戏剧家协会会员，中华诗词学会会员，海南省诗词学会理事。现为海南省地方戏曲协会会长。

### 秋　赋

直逼晴霄岂可攀？携朋拾级几盘盘。
层林似海滔滔涌，幽涧如琴细细弹。
枫叶欲燃千壑醉，霜花正放几时寒？
归途犹作江山恋，坐爱云崖一叶丹。

### 冬　游

又将冬日作春游，毕竟天涯是绿洲。
车过青山山叠叠，船行碧水水悠悠。
才横东海千重浪，又弄牙龙百里绸。
待到掀帘新月落，听潮最是鹿回头。

## 太阳河（二首）

（一）

河水一湾铺彩绸，几分潋滟几分柔。
多情应是夕阳里，恰似村姑满面羞。

（二）

雨后初晴夜泛舟，一钩新月挂船头。
潮平两岸连天阔，月里春光汩汩流。

## 春雨（二首）

（一）

门前新竹叶扶疏，好雨尽将浓彩涂。
临近丛间闻戏闹，笋尖冒出两三株。

（二）

半窗烟雨白茫茫，淋发相思忆故乡。
想必童时栽藕处，正当春色涨荷塘。

# 中秋夜月（二首）

（一）

春花刚谢又秋花，月缺月圆皆想家。
君问今宵情几许，恰如夜色漫无涯。

（二）

中秋夜静月初悬，看似今宵缺半边。
知否半边君带去，等君重聚月重圆。

## 邢福钧

邢福钧，海南省琼海市人，1945年生。中学语文高级教师。中华诗词学会会员，海南省诗词学会会员，琼海市诗词学会副会长。

### 咏椰寓意海南妇女

温柔亦不失刚强，直干无枝树大方。
羽叶开屏飞孔雀，珠花出穗展新妆。
联联硕果晴空现，冽冽琼浆玉肉藏。
窈窕天然如淑女，婆娑起舞翠南疆。

### 万泉河

起自琼中碧玉迢，其间万象甚多娇。
娴如处女泉流婉，壮若男儿水势豪。
夹岸春光联锦绣，沿河市镇竞风骚。
千秋写意承歌舞，入海烟波泛博鳌。

### 久旱逢春雨

淅淅春声叩万家，涔涔雨色自天涯。
驱除旱象生机勃，润泽人间喜悦加。
沃野流脂腾绿意，田畴得水映清华。
随风若伴东君至，十里飞烟八里花。

## 七 夕

广邃苍穹黛染天，清秋七夕晚风恬。
娟娟媚月晶辉闪，耿耿银河淑气悬。
隔岸双星情亘古，连桥喜鹊舞翩跹。
人间伉俪当如此，不负初衷挚爱绵。

## 晨游即景

晓月西沉日欲东，湖湾水影绿溶溶。
凝妆倩女凌波出，碧叶红莲醉野风。

## 浣溪沙·浣衣曲（二首）

（一）

水树临流夹岸多，万泉河畔晓闻歌。浣衣女伴竞娥娥。　　凤蝶翩翩飞窈窕，槟榔脉脉舞婆娑。红妆翠影戏清波。

（二）

濯手轻搓浣彩衣，粼波左右任流之，柔情若水意迟迟。　　日照沙洲芳草碧，春萌绿野鹧鸪啼。凝眸望断自相思。

## 鹧鸪天·无题

梦溯韶华惜旧游，同窗一别几春秋。初开豆蔻方年少，暗许琴心未凤俦。　花含笑，草忘忧。青梅竹马尚娇羞。情缘两隔分鸾镜，待到重逢已白头。

## 定风波·采椰曲

款款晨风醉港湾，盈盈绿树拂云天。燕语莺歌流不断，飘婉，东郊水路到清澜。　竹筏逶迤皆载满，椰乡女伴采椰欢。笑意嫣然频顾盼，娇粲，春光韵味美人间。

## 虞美人·潭门镇渔民浪花乐队演奏

春光信是潭门早，万紫千红好。铿锵鼓乐趁东风，节奏流珠泻玉管弦中。　渔家少女多丰采，曲唱新时代。凝妆善睐展娥眉，燕语莺歌婉妙彩云飞。

# 虞美人·茉莉花[1]

钗裙映雪天然美，秀叶融青翠。繁星闪烁沁芳香，茉莉花开艳丽正凝妆。　　名歌唱此源苏北，一曲心仪醉。清新隽永调悠扬，绘出江南少女好春光。

【注】

①茉莉花：又指苏北民歌《茉莉花》。

# 吉　锋

吉锋，海南省东方市人，1952 年生。中学高级教师，东方市诗词学会会员。

## 露天舞场（二首）

（一）

星光辉映舞场中，男女翩跹满笑容。
自古宫廷尊贵乐，如今乡野庶民从。

（二）

斜行横进舞姿多，欲左趋前却右挪。
动静相关呈错落，双人比翼若天鹅。

# 吉定日

吉定日，海南省东方市人，退休干部。中华诗词学会会员，海南省诗词学会会员。

## 山　行

金鳌背上指群峰，间隐五江紫翠重。
曲径有风红帜动，山门无锁白云封。
松排野色连天绿，月点波心近寨荣。
景富未能抛得去，勾情一半此山中。

## 朱　铮

朱铮，1932年生于海南省万宁市。曾任小学教师、校长。

### 神州半岛行吟（四首）

（一）

辽前沙似玉，碧海万帆扬。
夜网波中月，晨闻雾里香。
渔乡宾客闹，岸畔嫂姑忙。
叫卖声声脆，鱼虾誉四方。

（二）

神州多秀丽，半岛尽婵娟。
海碧风追浪，波平水接天。
千帆随日出，万火伴星眠。
仓满歌声起，渔家喜讯传。

（三）

南荣湾水碧，“洲仔”卧波中。
石洞栖千鸟，浮云绕五峰。
镜前仙女笑，岸上卉香浓。
日丽金光闪，滩平声誉隆。

## （四）

万州多胜地，半岛景尤奇。
渔港湾中傲，柔沙世上稀。
烟波摇碧影，蜃境显芳姿。
游客蜂拥至，骚音万里驰。

## 朱开震

朱开震，1942年生，海南省儋州市人。曾任小学校长。儋州市中华诗联学会会员。

### 日商佐藤先生赠东坡希望小学十万元作奖学基金感赋

花甲余龄负壮猷，跋山涉水九州游。
行踪耳郡怀苏老，寻迹东坡结友俦。
助学爱心跨国界，解囊高义胜山丘。
瀛洲杰士真堪慕，树帜为人耀万秋。

### 游天角潭水库喜题

天角潭深筑大堤，千年沉梦石山移。
拓通东岸多奇迹，灌溉西畴倍有余。
五谷丰登歌富岁，万民足食乐开眉。
倒江堵堰功谁论，一代愚公胜禹时。

## 朱少能

朱少能，海南省万宁市人，1958 年生。曾任万宁中学副校长，万宁市教师进修学校校长。

### 神州半岛晨钓

晨风吹月落，梦续浪花边。
鱼旺频嬉饵，心欢屡举竿。
朝阳随钓出，白鹭护船还。
烦恼追波逝，橹声盈海湾。

### 嫦娥一号航天感作

嫦娥舒袖舞长空，丹桂飞花煮酒浓。
日月借天开盛宴，风云织锦献神龙。
高科架起星球路，浩气凝成惊世虹。
欲浴银河非梦幻，闲情信步上苍穹。

### 新疆天山行

季夏群峰舞雪欢，南来新客醉冰寒。
瑶池水碧银峦动，峭壁莲香翠柏环。
骏马游龙天上逛，朔风仙乐耳边弹。
山奇波静云霞艳，疑是圆峤落世间。

# 朱壮才

朱壮才，海南省儋州市人，现任东坡书院管理处主任。海南省诗词学会会员。

## 谒东坡书院

霏霏细雨上公祠，怅望亭前立久时。
卉草如今遮古迹，凤凰依旧袅新枝。
风流爪指三年恨，绝妙诗章万代曦。
游客踏穿儋耳路，名堂修葺莫忘期。

## 丙戌岁清明东坡书院祭苏公有感（二首）

（一）

潇洒超然笠屐翁，炎荒野服树奇功。
桄榔韵事传佳话，书院文光畅惠风。
塑像金身迎远客，灵台桂酒鞠三躬。
清明时节南天暖，艳丽桃花似肉红。

（二）

万事思量事事空，暮年欲老野村中。
只鸡斗酒同民醉，重教传文见道雄。
真学田夫堪食力，常娱总角趣无穷。
儋州有幸沾恩泽，代代讴歌笠屐公。

## 国庆三十周年喜吟

佳节迎来捷报飞，长征路上展红旗。
工农自有生花笔，写尽神州美景诗。

## 洋浦港的早晨

余与友从马井乘船洋浦，时有几分秋意，港湾之晨分外宜人，诗意勃发。

点点归帆驾晓风，笛腔吹破雾蒙蒙。
一轮旭日生波上，染得渔村火样红。

## 新春祝谢老

1983年春欣悉吾师谢老先生平反昭雪，特写此诗祝贺。

春回大地物华妍，多饮屠苏壮暮年。
往事如烟随雾散，呵开冻笔写新天。

## 扶桑花

生长寻常百姓家，不惊寒暑发新桠。
一生原伴春常在，日日欣开朵朵花。

# 伍声洪

伍声洪，1962年生，海南省琼海市人。现任海口市秀英区委统战部部长。海口市秀英区诗联学会理事。

## 水调歌头·重温同窗情

聚会应常有，三载友情牵。师生欢聚宾馆，叙旧诉心田。笑语欢歌相伴，更有浓情蜜意，往事去如烟！千里相邀会，今夕最难眠。　手足情，朋友谊，最投缘。沉浮卅载，年华弹指一瞬间。永记恩师功德，常念同窗仁爱，今日得开颜。报国逢时好，携手共蹁跹。

## 刘所贵

刘所贵，海南琼海人，1941 年生。琼海市文化馆干部。

### 泰山（新声韵）

——为新中国成立五十九周年而作

傲视群雄小众山，辉煌背后是艰难。
三年受困涧溪涸，十载遭劫草木蔫。
旭日驱云还旧貌，春风化雨展新颜。
灾殃洗炼真金见，屹立东方柱砥天。

### 访姑苏城

幼吟绝唱知名刹，老访姑苏景已迁。
失意古人乘鹤去，痴心来者抱诗眠。
听钟似尝枫桥律，见物同瞻张继颜。
数日车船劳累债，超常收获一朝还。

### 参观博鳌家庭旅馆

渔港旅游风味新，家庭客栈迎佳宾。
花庭暂作杜康馆，竹院权栖游客新。
三样皮肤增店色，五洲话语和乡音。
论坛效应升温快，此地应无待业人。

## 高考放榜夜（新声韵）

看榜人群心各异，登科学子更难眠。
先吞映雪囊萤苦，再品摘花折桂甜。
回忆爹娘衔哺累，追思师长育才艰。
深知负债双肩重，渴望修成挂轭还。

# 刘明锋

刘明锋，海南省万宁市人，1934年生。中学语文科高级教师，万宁市政协副主席。中华诗词学会会员，海南省诗词学会常务理事，万宁市诗词学会会长。曾主编《万州古今诗联集锦》《东山诗苑》等。个人诗集有《律绝百首》。

## 六秩遣兴（选二）

### （一）

爆竹辞残岁，寒冬我诞辰。
生逢家国苦，学遇雪梅春。
粉末沾头涩，尘风破袖贫。
黄花秋后艳，圃角一枝新。

### （二）

闲坐凭栏眺，凝眸见众生。
才闻鸦雀噪，又响鹊鸠声。
奕奕登台调，凄凄下马情。
春风车驾累，戴月亦披星。

## 文澜江

文澜江上望，流瀑漱泉飞。
路曲滩头急，鱼腾岩洞奇。
秋深林木艳，人闹水声稀。
枉做琼南客，行吟到此迟。

## 夏日宿丽湖水庄（二首）

### （一）

南丽水庄秀，闲居湖面间。
诗成鱼共乐，人唱鸟同欢。
袅袅多情影，悠悠不夜轩。
芳菲夏日谢，花艳舞池边。

### （二）

垂钓消烦夜，凉风掠客裳。
月斜人影散，湖静曲音扬。
尘浊挥难尽，园桃品不香。
浮云随梦逝，诗境自芬芳。

## 临高角

车过临高角，浮思逐浪生。
兴衰青史镜，载覆水舟情。
周武三千士，殷商百万兵。
木船昂首处，海曲太阳升。

## 参观英文海水养殖场

浪静风平日，驱车岛角行。
山村浮笑影，渔曲起新声。
斑节刚投放，苗池又建成。
荒滩寻富路，海水蕴深情。

## 枇杷斋抒怀（选二）

### （一）

枇杷影映小楼门，常有黄鹂先报春。
碧伞撑天迎韵客，佳肴乏味绕诗魂。
秋来红叶催新句，风卷轻尘染墨痕。
写罢山川情未了，西天不觉已黄昏。

（二）

转眼匆匆大半生，枇杷斋里意难平。
摇翻宦海愁船恨，掐断心琴怨调声。
史册许身酬夙志，迷津寻渡绝痴情。
昭苏大地景无限，雅韵嘤嘤好唱鸣。

## 中秋咏月

月照官衙亦照民，穷酸富贵未偏心。
借来光热施环宇，留取阴寒锁己身。
桂树琼楼浮幻影，荒丘野漠盼甘霖。
蟾宫指日清流至，不负良宵互唱吟。

一宵圆缺蔚奇观，美景更阑不倦看。
遍地金辉铺碧浪，高空玉璧现轮环。
婵娟纵有遮颜苦，倩影应无拂袖寒。
天上人间休怨远，相逢月际驾飞船。

## 刘照远

刘照远，1922 年生，海南省万宁市人。东方师范学校高级讲师。2002 年去世。海南省诗词学会会员，海南省楹联学会理事。著有《蛮荒草诗联选集》。

### 闲居（二首）

（一）

境幽情自适，客少静无哗。
门对苍松近，窗临翠竹斜。
清吟禽和韵，香径树飞花。
林末流霞映，晚晴更足夸。

（二）

莫道近朱赤，池荷不染尘。
菊凝三径露，梅占一枝春。
联榜传鸿雁，情怀付友声。
休嫌书案小，湖海足相亲。

# 咏物（四首）

## 电 脑

区区塑盒未珍奇，竟是环球百业师。
半暗半明寻捷径，一擒一纵露天机。
包罗何啻万千亿，准确无差分秒厘。
信是科研能富国，直追急起莫迟疑。

## 椰 树

矗立苍穹挺秀姿，婆娑翠黛影离离。
只凭心血培佳果，不学柳杨茁杈枝。
玉液琼浆饮誉远，晨风夕雨应声差。
铮铮铁骨神奇甚，酷热严寒两不萎。

## 风

无形无影亦逞强，充斥九天溢八荒。
附物始闻声习习，行程只见路茫茫。
穿山越岭全无忌，倒海翻江任肆狂。
最是芳踪诡秘甚，何来何去费思量。

## 雨

谁家丝线万千条，源自银河落九霄？
积足山原田野绿，贮平湖海蟹鱼娇。
三春花柳争承宠，万亩园林仗护浇。
但得调停无涝曝，倾盆毛细任君飘。

## 咏八所鱼鳞洲（四首）

### （一）

英雄虎胆御强蛮，取义捐生保海滩。
蚂蚁也钦卫国士，群搬泥石筑砂棺。

### （二）

石井盛传永不枯，秋来点滴未盈壶。
岂真义士已仙去，不恋人间烟火厨。

### （三）

绝壁危崖肖大洲，云蒸霞蔚占风流。
为何海燕地天阔，不筑窝窠不结俦。

### （四）

洲畔楼台耸太空，斜阳倒影碧波红。
曲桥游客芳心醉，软软衣裳淡淡风。

## 刘冀川

刘冀川，女，1950年生，祖籍四川。曾为军人，贵州省文史研究馆党组秘书，海南省开发建设总公司党办人事部主任科员。中华诗词学会会员，海南省妇女诗书画协会副主席，海南省诗词学会理事。著有《薏轩诗集》。

### 和世广兄《再叠金水赴蓉原韵并寄海内诗友》

地远蓬莱近，天涯寄此身。
海宽容岁月，心旷伫星辰。
有趣茶中客，无求槛外人。
清居长掩翠，花醉性情真。

### 同德珍济夫邦利基广游海口西海岸

日暮滩头雨，湿云润海天。
诗情浓似酒，宇宙淡如烟。
心共音尘静，思随鸥鹭悬。
风平潮野阔，物我两悠然。

## 游黔灵七星潭步济夫兄《依东遨兄原韵》

空濛山色有还无，雨打星潭荷跳珠。
涧水悠悠情未老，秋风淡淡意难输。
林边听鸟飞青岫，廊下筛茶向小炉。
禅院幽深藏日月，闲中心境静如湖。

## 丁亥九日黔灵登高用杜牧九日齐山登高韵

寥天初冷雁云飞，百里松涛响翠微。
古寺禅钟声去远，黄花故地客来归。
一泓湖水溶秋色，满目青山送暮晖。
久坐林亭抬望眼，尘心静处绿沾衣。

## 制盆景有作

青峦环水自玲珑，秀韵怡人心韵通。
竹掩石崖披晓翠，鹤临池榭照妆红。
空山闻斧藏樵路，野渡横舟闲钓翁。
袖底烟霞疑世外，天然一派武陵风。

## 登高远眺

岭海松涛不染尘，满怀清碧入新晨。
登高吐纳乾坤气，万道霞光日一轮。

## 忆王孙・咏月季

何须颜色嫁春风，映日噙霜靥自红。长挽流光应数侬。惜芳容，不教韶华逐转蓬。

## 摊破浣溪沙・雪夜

冻雨飞声万户风，醒看霜冷五更钟。灯影楼痕隐帘外，白朦朦。　　雪里寻诗清意远，梅边拾句暗香笼。寒气待消长夜后，月如弓。

## 鹧鸪天・癸未初秋

翠色桄榔拥小楼，书窗竹影透清幽。海云连日风吹雨，又是天凉好个秋。　　山兰酒，菊花俦，清风无价扫烦忧。浓茶淡月尘嚣外，欲与东坡话旧游。

## 鹧鸪天・忆儿时养蚕戏作

秸作蚕山纸作寮，抽丝剥茧乐陶陶。寻桑何畏翻郊岭，望月还思织锦绡。　　忙日脚，费春宵，出蛾讶羡竟冲霄。当年倘若同它去，多少忧烦一旦抛。

## 行香子·游黔灵山宏福寺

山径初凉，碧沼浮光。涵秋影、绿蹙红藏。松云托雁，古院栖篁。看画堂明，禅堂静，法堂香。　　留连清境，抚遍雕廊。疏钟歇，余韵轻飏。千年一梦，几度沧桑。把尘心醒，琴心诉，客心忘。

## 望海潮·初临三亚大东海

南天无际，云帆远挂，风柔浪暖沙平。椰岸泊辉，鳞光射日，凌波试泳身轻。鱼跃有新朋。看千顷溶碧，水阔澜清。尽豁层胸，任心潮共海潮生。　　沧波豪气纵横。幸曾游瀚海，应慰平生。尘垒骤消，诗心永念、天涯万种风情。极目涌澄滢。望旅鸿远去，影逐霞旋。料得重来胜境，佳处待新评。

# 庄耿蛟

庄耿蛟，海南省琼海市人，1941 年生于新加坡。琼海市诗词学会会员。

## 纪念杨善集烈士（二首）

### （一）

如磐夜气黯天南，赤帜高擎衔命还。
率士沙场始一战，顿教风鹤敌心寒。

### （二）

赴苏苦读载功归，为转乾坤救国危。
咤叱风云天地醒，民心久蛰盼春晖。

## 庄德琼

庄德琼，海南省文昌市人，1942 年生。海南诗社社员。

### 卖鱼女

赤脚粗手蓝布巾，山村野店常问津。
诸君莫笑谋生蠢，席上珍羞靠侬勤。

# 汤锡善

汤锡善，海南省东方市人，1947 年生。东方市诗词学会会员。

## 咏大广坝

广坝长堤锁大川，洪流滚滚灌良田。
女神下界飘金带，沐浴春风醉不还。

## 羊中兴

羊中兴，海南省儋州市人，1950 年出生。历任洋浦开发区管理局社会发展局局长，琼海市委副书记，市政协副主席等职。中华诗词学会会员，海南省诗词学会理事。已出版诗集《没有初恋的情歌》，散文集《儋州歌海》等。

### 与广东文艺创作会有感

扫尽阴霾亮了天，羊城赴会喜如颠。
金风拂面丝丝暖，玉露浇心滴滴甜。
百卉争荣春色满，千帆竞发角声连。
天涯处处新潮涨，愿作山花锦上添。

### 国事抒怀

一场山雨涤尘泥，扑岸惊涛决旧堤。
遂意天开鹏展翅，称心路阔马扬蹄。
岂容残贼侵元气①，不忍蠹虫刳国基。
最是位卑忧大命，长鞭在手挞熊罴。

【注】

①汉贾谊《论积贮疏》云：“今背本而食者甚众，是天下之大残也；淫侈之俗日日以长，是天下之大贼也。”

## 贺《载酒亭诗词》创刊

愧为儋耳读书郎，未谒东坡载酒堂。
客恨常因黎母阻，乡愁难以碧江量。
欣知故地诗潮涌，兴感先贤正气扬。
几度劫波风尚在，思归欲断九回肠。

## 分赠拙著《儋州歌海》感怀

三十冬春作客身，须眉雪变剩乡音。
诗文百诵嫌辞老，曲调千哼羡韵新。
夜伴孤灯歌海盛，日抚寒键诉情真。
书成反觉家山远，谁寄宦游寸草心？

## 红色娘子军

一屏两剧半支歌①，红遍千山誉万河。
弱女当初图上镜，定无今日赞声多。

【注】

①红色娘子军题材在“文革”前后曾拍成电影并改编成京剧、芭蕾舞剧演出，后来又有《我爱五指山我爱万泉河》歌曲广为传唱。万泉河是红色娘子军战斗过的地方，是歌曲题目的一部分，故曰“半支歌”。

## 万泉河新八景（选三）

### 白石摩天

或恐天倾出手探，犀牛翘角壁崖悬。
骚人墨刻高寒处，车缆穿梭喜坐看。

### 烟园放筏

探险漂流桴艇忙，烟园直下会山乡。
瀑溪幽谷斯须过，一路棹歌穿画廊。

### 泉湖染碧

蓝天一角浸平湖，绿鉴无尘见野凫。
日暮风苏星月近，归舟落客醉相扶。

## 雨 后

山转青葱雨转晴，蛙声十里急催耕。
农家识遇东君意，步步挥鞭叱牯行。

## 回老家

老病归家步倦移，乡山绿减故人稀。
风飘素袖囊中涩，陋舍三间侄嫂栖。

## 羊永秀

羊永秀，1949 年生，海南省儋州市人。曾于中学任教。儋州市诗词学会会员。

### 南天一柱

巨浪无情撼石头，浪高一浪未曾休。
几经浩劫擎天柱，屹立风前顶逆流。

# 羊基广

羊基广，海南省儋州市人，1944年生。原供职于《海南声屏》报社，已退休。现为中华诗词学会会员，海南省诗词学会常务理事、副秘书长，中国民间文艺家协会会员，海南省民间文艺家协会理事。有《词牌格律》（上下册）一书出版。

## 花甲将行戏笔五首（选一）

匆匆岁序速如何？一转回头鬓已皤。
儿女嗷嗷仍待哺，糠妻唧唧已成婆。
愧无绝技充家廪，浪有浮名叫广哥。
贵贱穷通何足论，人生如戏本南柯。

## 上网自嘲

网上爬来一老虫，蠕蠕蠢动路难通。
不辞长夜睁双眼，却误三餐啜两盅。
欲驾南辕常辙北，本敲乐字倒成东。
白头狂学人年少，虽废工夫兴反浓！

## 偕济夫邦利宿南丽湖中高脚楼晨起大雾

### 其 一

雾似纱飘罩一湖，茫然周际小楼孤。
轻舟欸乃窗前过，三二渔人见若无。

### 其 二

一旦嚣尘尽隔开，沁人仙气入胸来。
忧烦悉付湖中水，管甚东西南北哉。

### 其 三

待到三竿日始红，楼前隐约两三峰。
心中正喜醒来早，俯见矶头一钓翁。

### 其 四

不近山川未有情，每临佳景俗心惊。
流连顿悟归来晚，鲈脍堪思羡季鹰①。

【注】

①西晋张翰（字季鹰）因怀念故乡鲈鱼而思归。

## 驻足友谊关

翼翼离关出国门，回头思绪涌纷纷。
游人几个还私语，蹀躞南墙觅弹痕。

## 题吴文生先生《放鹭归天》照

呵护殷勤鹭翅肥，频频回首恋柴扉。
难分只为相依久，情系蓝天忍远飞！

## 冷热泉

咫尺为邻汇一川，始终寒暑不相关。
红尘怪事知多少，唯有人情似此泉。

## 农历四月初五由赤壁赴岳阳路上

行在江南四月天，近青远黛绿芊芊。
琼州早已忙收割，此地人家正插田。

## 高阳台·偕文友游古琼北地震震中三江湾东寨港

人道三江，港名东寨，风光不异桃源。携侣来游，方知不是虚言。椰林万亩催情醉，更迷人、红树摇涟。泊登楼，海荡云轻，鸥戏舟闲。　　悠悠三百年前事，恨訇然一震，坼地崩天。昔日繁华，空余海底家园。不须嗟怨灾为虐，笑懦夫、只识悲怜。看如今，堤抚波平，人舞翩跹。

## 沁园春·琼崖春色

岁序初开，春去还回，苦楝萌芽[①]。渐枝头点翠，黄莺跃闹，纵横阡陌，牯犊声奢。渠上云天，烟生镜面，水荡青秧影逗蛙。调焦距，见农夫队列，正绕山斜。　　琼州胜昔繁华，突楼宇参差十万家。又彩旗飘拂，人忙似蚁，夯歌阵阵，唱彻天涯。展翅银鹰，如潮宾友，椰韵蕉风竖指夸。城临夜，更灯争璀璨，车逐流霞。

【注】

①琼岛遍生苦楝树，立秋落叶，立春发芽，季节征候甚准。

## 羊登仕

羊登仕，1946年生，海南省儋州市人。儋州市中华诗联学会理事。

### 拜谒劳大将军古庙有感

偶至将军古庙游，人间信奉已千秋。
劝君莫笑求神者，世事常常靠叩头。

### 春到田园

白水汪汪万顷田，一田就是一诗笺。
村姑不借江郎笔，写出丰收在望篇。

# 许 宇

许宇，海南省临高人，1970 年生。现为海南琼台师范专科学校图书馆助理馆员。海南省诗词学会会员，临高县诗词学会会员。

## 欣赏临高木偶戏喜吟

唱词妙语串珠长，土调板腔唢呐扬。
人偶同台真特色，戏情互补可夸张。
轻描世态炎凉象，浓缩人生善恶场。
自古而今成一派，创新艺术艳群芳。

## 夏雨乡景

夏雨初停夕照明，一横砂案背山行。
西霞挂幕庭前画，著我依依恋故情。

## 雕神木自白

雕形着色吾成佛，颂德称灵跪万千。
若我连根荣绿叶，今朝何苦受乌烟。

## 纪念抗日胜利六十周年而作

每看伤痕思自强，岂甘亡国守苍凉。
长城不老唯斯恨，信我雄鹰啸大洋。

## 许忠泰

许忠泰，海南省临高县人，1933 年生。1961 年天津大学毕业，留校当教师。1971 年调回临高，当过工厂厂长，机械工程师。1980 年后曾任临高县委常委、副县长，县人大常委会主任。中华诗词学会会员，海南省诗词学会副会长。

### 家居小叙

家住小城中，江流绕向东。
莺鸣藏碧树，燕语考愚翁。
茉莉香盈户，罗兰艳满丛。
人逢环境顺，欢乐也由衷。

### 临高歌友会

白雪阳春何处寻，高山流水觅知音。
天飞花雨留余韵，梁落香尘洒玉霖。
为有灵犀来兴会，好开金嗓伴清琴。
歌情洋溢思千绪，唱彻人间曲调新。

## 茉莉花

庭角篱边随处长，温情本性爱熙阳。
不须显贵争华丽，总是无私送馥芳。
万绿丛中千滴玉，百家诗里少评章。
熏成名饮传天下，一片痴情溢远香。

## 缅怀爱国诗人王佐

才华横溢誉桐乡，年少抱奇志气昂。
《鸡肋》书成光九域，礼魁坊竖震南邦。
纾民苦难肝肠照，为政廉明正义张。
赫赫芳名留后世，犹闻遍地刺桐香。

## 夜读有感

静寂小城寒夜侵，且归书苑觅知音。
灯前伏案诗魔扰，月下凭栏词韵寻。
笔底千言唯学笃，胸怀万卷赖功深。
人生最贵书常读，领略风骚诵古今。

## 谒冼太夫人塑像

勒马横戈立，巡临海甸中。
潇潇风雨细，百越统归宗。

## 江桥之夜

春月如眉上树梢，西山掩映鸟归巢。
澜江倒影星空灿，忽引诗情降碧霄。

## 高阳台·临高角记游

云淡天高，三秋轻暖，临高岬角重游。碧海金滩，林荫铁塔朱楼。排排激浪相追逐，弄潮儿、戏水沉浮。眼迷离，绿紫红黄，侧畔飞舟。　雄师渡海先登处，正丰碑矗立，永照千秋。扫尽阴霾，铺成锦绣神州。万方奋起倾全力，迈征程、大展鸿猷。看人间，造化无穷，涌上心头。

## 满庭芳·琼海白石岭

雾锁群峰，岚笼古道，崎岖石径攀缘。岩奇洞怪，危柱立其间。峭壁悬崖幽谷，如今是、索道登天。凌巅上，南溟浩浩，万里测云烟。　钟情游乐处，山花簇簇，泉水潺潺。喜琼州，河山如此斑斓。纵有桃源美景，终不似、白石仙园。赏心悦，回眸所去，绿水绕苍山。

# 许荣颂

许荣颂，1936 年生，海南定安人。曾任海南省定安县政协副主席兼定安县博物馆馆长。中华诗词学会会员，海南省诗词学会理事。编撰出版有《定安县文物志》等。

## 武陵源登高

早雾沉谷底，丹峰出翠峦。
烟霞掩翠黛，美哉武陵源。
石磴藓苔滑，山路野花妍。
倚天抽宝剑，拨云摸金鞭。
步步踏碧绿，山山袅薄烟。
马褂黄叶飘，沙柳露珠悬。
留影倚宝匣，吟诗濯仙泉。
高崖飞乱石，平台舞羽鹮。
风息松林静，雾散远峰尖。
置身凌绝顶，超脱离尘凡。
仰头天壮阔，俯目绿掩烟。
四顾峰插云，缥缈在天边。
山泉流石壁，飞瀑挂珠帘。
尽洗俗念去，我等皆神仙。

## 偕文友夏游南丽湖

夏游南丽湖，骄阳欲向西。
文朋喜相聚，兴发咏新诗。
湖宽波弄碧，烟轻浪邈迷。
远黛随天去，近山展异奇。
新楼临涯涘，花卉舞娇姿。
蓝天鹭急翔，沙渚凫闲栖。
岸树浮绿影，浅水赏游鱼。
空蒙湖色好，踏歌十里堤。
仙境不须觅，此地胜瑶池。

## 于那大编《中国歌谣集成海南卷》戏赠诸同事

儋耳秋正好，那大聚文朋。
润笔整国粹，下乡录民声。
工余游小园，看花消闲情。
小园多杂草，花开亦无名。
某君心最痴，赏花真情生。
采花捻花蕊，怜香拾落英。
我辈虽爱花，醉花非所行。
打虎上五岳，缚蛟下九溟。
壮心且未已，野花岂动情。

## 谒胡耀邦墓（二首）

（一）

山色湖光聚一园，共青城畔葬高贤。
苍烟有意生祥瑞，碧落含情袅紫烟。
结伴驱车来仰谒，登阶循路步趋前。
环观四野多松柏，浩气长存万万年。

（二）

尽瘁为民恨佞奸，忠魂在此枕山眠。
千秋伟业留青史，百载英名励后贤。
仰看青山花满路，环观四野碧连天。
丰碑未必标铜柱，留有廉明传万年。

## 题《南山钟进士》画

人间犹多鬼，何处觅钟馗。
见君图画上，斩鬼剑难挥。

## 深山采药所见

深山多奇树，皆是栋梁材。
可叹难通路，老枯变朽柴。

# 阮应天

阮应天，1936年生，海南省儋州市人。执教四十年，历任小学教导员、校长。现为儋州市诗联学会会员。

## 朱老总颂（二首）

（一）

俯首横眉爱恨明，兴亡社稷系平生。
胸中自有穿金甲，吞吐乾坤气贯虹。

（二）

古国生逢历劫尘，从戎投笔铸军魂。
反清抗日驱腐蒋，开国元勋有几人？

## 台湾老兵清明思归祭祖

物换星移春复回，清明又到令心哀。
何时日月潭中水，汲一瓢归浇祖槐。

## 仲春游笔架岭

拨雾撩云出俗尘，游踪渐与素娥亲。
危峰万丈皆春色，裁入诗囊句句新。

## 阮学良

阮学良，1923年生，海南省儋州市人。从军从政三十六年，1984年离休。儋州中华诗联学会会员。

### 颂改革开放三十年

改革迎来三十年，人民歌唱喜空前。
中华崛起兴开放，赤县腾飞改旧川。
经济繁荣歌党德，财源广进颂尧天。
国强民富小康路，主靠“三中”决策贤。

## 孙有瑄

孙有瑄，海南省三亚市人，1921年生。新中国成立前海南大学中文系毕业。1950年参加工作，受命创建九所中学并主政之。中华诗词学会会员，海南省诗词学会会员，著有《余生》《原草》诗词集。

### 别咏芙蓉峰

五指南来起一峰，逶迤四面绿重重。
天池北望波光涌，地舆南瞻寰宇通。
鸟解乡音歌韵满，花滋烈血吐芳浓。
虽今世俗人非古，野老犹然叙论中。

### 咏家中石榴

刻意庭园植玉株，终年果累压枝低。
桑邻每到均欣赏，墨友常来尽品题。
修禊高供居上座，选芳众奉作佳仪。
是缘梅岭遗优种，故获世人偏爱之。

# 挚友造访见赠（二首）

（一）

锦轩百里叩柴门，难得谊情胜此真。
恨不盛筵酬贵友，惟凭恳意表微忱。
徐孺特下陈蕃榻，白傅曾留绿蚁樽。
人世应存鲍义在，岂为名位论珠金。

（二）

朝来鹊跃泛晨光，喜是高人辱下访。
井水湛清堪浴垢，椰风吹拂好乘凉。
调羹老伴花生面，酌酒童孙服整装。
教我归居也足适，但期胜景不能忘。

# 家园小景（四首）

（一）

喜余有个小家园，种果栽花气象鲜。
翰籍犹多供案读，陶情怡性足舒宽。

（二）

堂前寿字拥花间，夜露滋滋日色丹。
更有喜人迎客树，石榴挂满压枝弯。

（三）

碧绿长垂覆院庭，杨桃密处翠禽鸣。
芭蕉雨后更舒展，起舞临风迎霁晴。

（四）

时花不罢四时栽，四季长看样样开。
紫白红黄随季赏，高朋曷似四时来。

# 孙家伦

孙家伦，海南省三亚市人。任职三亚市教育局。有《心潮杂韵集》。

## 病中答友人

挚友拳拳慰病容，凭窗戏语笑衰翁。
十年恶梦随云去，今日朝晖耀宇中。
尚有豪情投教改，更添后劲育新松。
人生暂短何须论，愿借春风拂槛红。

# 孙惠公

孙惠公，海南三亚市人，1911 年生。早年从事教育工作，1939 年参加革命，历任中共崖县县委书记、乐东县县长等职。“文革”后任通什自治州统战部副部长。1983 年离休，享受地厅级待遇。中华诗词学会、海南省诗词学会会员，著有诗集《梅山吟草》及续集。2005 年病逝。

## 1952 年在北京怀仁堂参加中央元旦团拜

怀仁堂上贺新年，礼让雍容气蔼然。
北斗泰山尊领袖，五湖四海识时贤。
生平多少人间福，此际宛如世外仙。
无语可宣荣幸感，长征快马更扬鞭。

## 戊辰年重阳有感

风凉气爽又重阳，雨后山光接水光。
老眼喜看新世界，家乡欣变大康庄。
楼台遍地登高便，酒肆傍街得句狂。
且为秋成歌一曲，菊花哪比稻花香。

## 赠三亚老干局中心

行年九十本龙钟，骥老安能叹道穷。
思义当为天下雨，当仁不让古人风。
沧桑往事心平定，权势何闻耳怎聋。
碌碌余生非夙愿，何妨共勉立新功。

## 天安门

金水桥下御河寒，傍依宫墙一片丹。
紫禁城头今不禁，民安然后见天安。

## 梅山老区

向日梅山史页光，送夫送子赴沙场。
坚持革命宁焦土，前线同时是后方。

## 秋夜闻雨

西风昨夜雨潇潇，淅沥声声把梦挠。
百感纷乘驱不去，聊寻俚句遣良宵。

# 麦贤豪

麦贤豪，海南东方市人，1957 年生。曾任民办教师，村干部。感城镇瓜菜协会会长，东方市诗词学会理事。

## 感恩角遭毁

感恩角（又称黑石角、黑石礁），位于感恩城西南海边。大片黑石礁高于海面数米，延伸入海约百米，石浪搏击，景象壮观。惜已遭毁，遗叹感赋。

昔日傲磐气势骄，挺身抵起浪花飘。
天生美景感恩角，地赐奇姿黑石礁。
早顾钓翁常落座，晚归舟叶定航标。
而今胜景惜遭灭，凝望云天气未消。

## 麦振国

麦振国，生于1939年，海南省儋州市人。历任学区主任、中学校长等职。中华诗词学会、海南楹联学会会员。

### 丙戌除夕

漫天花雨竞春姿，爆竹如雷百感痴。
一缕晚风知冷暖，三杯浊酒解兴衰。
和谐幸福苍生泪，发展辉煌志士词。
拍遍栏杆天地远，街灯万象意毋迷。

### 读《陈寅恪的最后二十年》偶感

借问蓬仙路几重？无端记梦尽朦胧。
乍开倦眼知秋老，每悟奇书得句雄。
乐向诗觞寻趣味，耻从庙祝学卑躬。
南窗怡养尘心静，不悔荆山琢玉工。

### 元宵节送阮教授北返

徘徊五里雨萧萧，挥手从兹去路遥。
塞上大鹏犹奋翮，泽边孤鹤未安巢。
心随秋雁追云海，君驾长风逐浪潮。
流水移桑颠满雪，且将醇酿度元宵。

## 赠友人

秋鹤孤怀悟世明，风霜自励品高清。
看穿祸福心常吼，牵系安危酒待倾。
掷钵收魔无法力，悬壶济庶寄衷情。
拈花同笑堪欣幸，老气毛锥共友鸣。

## 观陆耐丞先生画马图

性似行空独往来，纵横九域铁关开。
乌骓踏碎秦宫月，赤兔追残蜀阙晖。
揽辔风云凭圣手，腾骧愿景仗群才。
奋蹄历劫千秋业，烽火长城警世碑。

## 春　望

木棉红放值春时，旧燕呢喃锦瑟诗。
仰望云天人似梦，鹃声隐隐寄相思。

## 聚会感怀

正道春光明媚时，同窗联袂赏芳枝。
相逢莫叹桑榆晚，碧草斜阳总是诗。

## 杨 毅

杨毅，海口市人，1949年生。海口市文联副主席。中华诗词学会、中国书法家协会会员，海南省书法家协会副主席，海南省诗词学会理事。有个人诗集《影子》出版。

### 古秦淮

久慕秦淮好唱酬，六朝韵趣满城头。
如烟柳绿分天色，欹水桃红上翠楼。
不见艳歌商女嬉，独留春梦客心投。
行人莫问古今事，江月随船载酒游。

### 游三峡

帝城直上天门近，浪下夔州百险连。
皓月江村酣梦早，狂风渡口断云悬。
山随三峡起龙脉，水集长江横海天。
大业千秋筑高壁，英雄造化赖时贤。

### 述 怀

岁月何堪笑老翁，青山作伴亮高风。
繁花早入时人目，拙笔迟传书圣工。
每见天机生妙趣，偏闻世事惯中庸。
炎黄代有人才出，学慕五车亦自荣。

## 依渝州书友罗哲光原韵奉和

春城银烛梦相连，三叠琴弦星斗牵。
兴极应凭诗酒遣，书成本可舞歌旋。
云拥千岭开寥廓，月照一溪归自然。
得句谈余能几度，纵横满壁字千千。

## 华清池

骊山醉迹草离离，远远斜阳挂晚枝。
梦散香魂池石冷，残红零落记当时。

## 观青藤书屋有感

昔日藤枝斗艳新，依稀书卷案边陈。
千秋笔墨归何去？梦入山人意更真。

## 画　竹

淋漓醉墨写琅玕，不买胭脂画牡丹。
雪压霜寒逞高节，风云气概贯千竿。

## 春感之三

月上新梢照北溪，酣歌一曲彩云低。
老夫愿借生花笔，写绿天涯芳草齐。

## 杨汉声

杨汉声，海南省万宁市人，1948 年生。曾任万宁市文化局局长，市委宣传部副部长。中华诗词学会会员，海南省诗词学会会员，万宁市诗词学会副会长。著有《扬帆韵笺》。

### 三亚晨步

软软清风拂笑颜，轻轻晨步鹿城边。
二三点露滴如雨，七八个星悬在天。
挑菜农夫先占市，卖鱼疍妹早离船。
大东海畔欢声沸，男女成群戏浪喧。

### 夜下黎村

支农步子急匆匆，为变乡间贫困容。
椰影摇窗知月上，蛙声鼓耳报年丰。
承包沃亩黎家乐，建设新村画卷宏。
回首苍山灯似昼，光明更在最高峰。

### 晨游东山

穿霞轻步不徘徊，日出东山迷雾开。
石面无尘风已扫，岭巅有景我先来。
仙亭望海生禅念，佛寺听潮入梦怀。
秋韵几声天上落，盛情送客到瑶台。

## 晨归路上

繁华难阻故乡情，喜乘南风急赶程。
几片断云疏鹭影，一钩残月乱鸡声。
菜瓜园圃施肥早，薯稻田洋耖地轻。
芒果荔枝香满径，农夫夜夜起三更。

## 黄果树瀑布

黄果飞云何处来？银河泻玉出瑶台。
人间自信一泓瀑，洗得征程万里埃。

## 仙人掌

漠漠白沙披绿纱，炎炎夏日作篱笆。
花黄果赤人少顾，生处应怜在海涯。

## 农　家

农家日日未曾闲，昼则忙田夜互联。
网里传来新讯息，苦瓜千克卖三元。

# 海南建省办大特区 20 周年感吟（三首）

## （一）

连天碧海缀琼岛，二十年耕试验田。
强省富民开阔道，丰收硕果岭连山。

## （二）

粤海东环一望收，洋浦工业再登楼。
椰城揽月闻天语，顷刻大桥连两州[①]。

【注】
①两州，即琼州、雷州。

## （三）

新村建设步匆匆，发展蓝图日日宏。
绿色文明与开放，年年岁岁更花红。

# 杨居汉

杨居汉，海南琼海市人，1946年生。曾任乡镇和县市主要领导，海南省公安厅处长，境外多家集团有限公司董事长、总裁。中华诗词学会会员，海南省诗词学会理事，海南省作家协会会员。

## 登五指山

五指寻幽境，悠然似散仙。
云缠危石径，鸟破绿萝烟。
泉水流千曲，苍峦接九天。
凌霄追梦去，览胜在峰巅。

## 观　海

浩浩沧溟渺，茫茫宇宙幽。
奔潮冲岸吼，涌浪拍天流。
鸿雁乘云翥，渔舟迓日游。
波涛声韵美，长啸写春秋。

## 洛杉矶

草绿花香醒路标，层楼栉比入云遥。
运河水畔酿春梦，小海滩头漫锦潮。
郊野车居流浪苦，山腰朱户影星娇。
骚人纵有如椽笔，难把斯城景色描。

## 乘机考察美国原子弹试验区

茫茫漠海八千秋，衰草寒灰鬼见愁。
峡锁狂澜惊铁甲，山驱险阵走貔貅。
几声雁唳哀还怨，何处风号响更幽。
无尽遐思倚窗看，人间征战几时休？

## 维多利亚港

岸埠高楼接素娥，飞车海底巧穿梭。
燕鸥弄水剪银浪，船艇凌涛裁玉河。
灯火灿然波影落，人声鼎沸市风和。
紫荆芬郁明珠碧，常向春光放浩歌。

## 登山海关老龙头

雄关高耸啸云楼，莽莽长城镇海流。
白浪滔天奔眼底，苍龙昂首咽潮头。
兵强方显山河壮，邦固须防风雨稠。
游客如云争揽胜，几人鉴史解民忧？

## 乘飞机过黄土高原感怀

万里黄云一望收，悠悠瘠土八千秋。
霜枝雁叫山川冷，衰草沙埋日月愁。
偶见峰巅遗雪迹，奈何谷底少溪流。
明朝过陇飞眸处，可望新松满岭头。

## 路　牌

不管喧嚣与浊尘，阴晴风雨指迷津。
闲观世相千般态，道是生疏却更亲。

## 寻　春

一片篱笆一片花，几间棚舍笼烟霞。
村姑笑答远方客，春在小康农户家。

## 鹧鸪天·风帆

你是帆来我是风，追潮逐浪任西东。几曾霜雨惊孤胆，别有云天护劲松。　　商海伴，旅途从，遥看晓月梦相通。互传短信添情趣，两地迎来旭日红。

## 沁园春·椰树

长护珠崖，轻抚流云，仰首苍穹。看龙腰凤尾，丹心铁骨，千秋傲岸，万里雄风。暑夏骄阳，寒霜冷露，挺拔轩昂倚彩虹。盈盈绿，立惊雷吼处，笑对瞢瞢。　　山川莽莽蒙蒙，喜修影长年似劲松。笑离离野草，枯荣岁岁，丝丝翠柳，来去匆匆。国色天香，千红万紫，常谢廊台庭院中。唯椰树，任星移物换，独自从容。

## 杨善深

杨善深，1957年生，海南省琼海市人。供职琼海市政府办公室。中华诗词学会会员，海南省诗词学会理事，著有诗词集《椰韵飘飘》。

### 题　像（二首）

（一）

亭亭玉立几多情，脉脉明眸秋水清。
无束无妆天上女，桃花依旧笑春风。

（二）

浅笑回眸春似梦，矜持脉脉意朦胧。
皎皎玉影成追忆，唯有轻轻杨柳风。

## 海参崴行吟（四首）

（一）

并肩异国涌情思，饱览风光满目诗。
来日与君相聚处，笑谈当是赴俄时。

（二）

情意朦胧诗兴来，红花妖艳绿枝开。
心随玉影浮云去，明月春风徐入怀。

（三）

浩宇波涛沐紫烟，巍峨岳岭浪中眠。
人行霄汉堪摩日，游子情思漫九天。

（四）

路野苍茫连碧天，原林黛绿两相瞻。
人行万里云和路，独与鸟歌醉自然。

## 高隆湾即景

银月悬空碧水涟，客餐秀色夜风闲。
疏星隐隐呢喃语，恰似沉沉晚汐鼾。

## 苏少道

苏少道，1942年出生于海南儋州。曾任市歌舞团副团长，文化馆馆长，文体局副局长。著有《生活禅理》一书。

### 龙门行

龙门未到已心惊，十里犹听浪吼声。
潮似崩云礁上涌，风如裂帛窟中鸣。
突闻骤雨催波至，更见孤舟逆水行。
我欲扬帆千里去，逍遥沧海寄余生。

### 登笔架岭晚眺

扶岩踏石上峰巅，半壁儋州入眼帘。
风里千畴翻稻菽，雨中万户袅炊烟。
渔舟远影随云淡，号角遥鸣逐浪传。
岭塔明灯如佛眼，巡看海外佑归帆。

### 黎　寨

袅袅山溪雾，飘飘岭树云。
吠频知寨近，哞远觉林深。

## 黎村即景

岭下山村四五家，门前流水夕晖斜。
黎姑暮汲来河畔，舀起天边七彩霞。

## 山　菊

寂寞山间寄隐身，尘嚣远去化烟云。
浮华落尽归平静，留取悠然一瓣心。

## 苏文达

苏文达，海南文昌市人，1942 年生。原任文昌市铺前学区主任，现为文昌中华诗文学会会员。

### 贺三峡工程蓄水成功

高峡平湖崛，当惊世界殊。
日华翡翠涌，月影白银铺。
十载成宏业，百年圆梦图。
滔滔三峡水，奔向小康途。

### 和丘濬《五指山》（选二首）

（一）

五指峰峦仙气连，巨灵一臂贯云天。
溶溶夜月飞银浪，霭霭朝霞生紫烟。
幽谷旋流玉箫响，层林笼雨碧纱悬。
花香鸟语千春艳，疑是蓬莱现幻原。

（二）

《五指》高吟雅韵连，千秋绝唱彻南天。
意如碧落通银汉，语若明珠绕彩烟。
德政为民今古颂，才华出众史书悬。
骚魂长伴山河秀，喜看炎荒变绿原。

# 李 坚

李坚，1944年生，海南省儋州市人。从事教学41年。儋州多家诗联社成员。

## 月饼盒叹

盒用一年貌尚鲜，饼尝半个病三番。
楚人喜椟吾同喜，我欲还珠珠不还。

# 李 池

李池，广东湛江人，1929年生。客居三亚市，离休干部。中华诗词学会会员，海南省诗词学会会员。著有《涛声集》《李池笔趣》等。

## 金婚赠妻

红颜着意爱知音，床板铺平便结婚。
照相欢欣成伴侣，分糖羞笑定乾坤。
牛衣共卧经风雨，祸水同淋辨假真。
两难三灾都过了，身安赖有好夫人。

## 海 燕

漫道身微小燕儿，巡游大海不知疲。
才穿水面追帆影，又上云层剪彩霓。
浪鼓常连天鼓响，云涛争赶海涛飞。
弄潮不作观潮派，敢在波峰浣羽衣。

## 黎村风采

新楼山里对溪开，辟地开天第一回。
入夜月明来小伙，对歌坐满小阳台。

## 三亚东西河即景

河连海港荡清波，桥卧东西车似梭。
迷人最是堤边景，红树林高白鹭多。

## 一　从

一从电话绕阳台，便少儿书云外来。
程控联通休代信，接儿片纸读三回。

## 诗坛叹

吟哦山水缺真情，答赠良朋滥可憎。
偏是少关民疾瘼，好诗寥落若晨星。

## 读戴绍湘诗集《野农打油》

把犁汉子闯诗坛，吟咏舌翻三丈澜。
味好何需龙虎凤，山间春笋也堪餐。

## 八十岁偶成

早岁愁谈成份论，暮年懒赏美人图。
属蛇老叟八旬至，朋友少来闲读书。

# 李 放

李放，海南文昌人，1938 年生。曾任海南省琼剧院院长，一级编剧。他经历过牛车夫、泥瓦匠、装卸工、战士等艰苦生活，“先有诗名，后得剧名”，出版《中国当代剧作家选集·李放集》，著有新诗集《天涯草》、旧诗集《海角潮》。2006 年逝世。

## 泛舟八门湾

红林潮涨碧涵空，朝夜晴阴趣不同。
如雾如烟椰外雨，似丝似絮舢边风。
中流载酒诗应约，静浦弹琴月未逢。
古渡苍茫天水阔，轻舟破浪梦曾重？

## 文昌城灯河

清江三脉接溟流，椰影云帆一览收。
映水灯光星耀眼，临河街巷水浮楼。
笙歌阑夜舒红袖，诗酒澄怀醉客舟。
莫把千金买图画，凭君来作画中游。

## 琼中百花岭观瀑

天上银河落古丘，溅珠飞玉泻清流。
白肤潭里翻银浪，疑是仙姬潜水游。

## 五指山野菜歌

五指山崖隐雾纱，天然野菜胜鱼虾。
阳和三月雷呼笋，绿叶青枝入酒家。

## 李云茂

李云茂，1936年生，海南省儋州市人。曾任小学教师，后回乡。

### 赞免粮直补

中央指示免公粮，捷报传来喜欲狂。
直补种田民快乐，鸿恩念党万年长。

## 李元保

李元保，1955年出生，海南省洋浦人。曾任洋浦经济开发区干冲区办事处副主任。中华诗词学会会员。

### 感　慨

——写给当年上山下乡知青朋友

八方俊秀勇当先，热血蒸消夜雨天。
锄落开山除野草，桨挥击浪引清涟。
丹心捧出朝霞灿，苦汗换来坎坷篇。
各奔前程今聚酒，情回逝水忆华年。

### 游三峡

波涛万顷荡情游，楚蜀峥嵘尽目收。
巫女仙峰开画卷，红枫仞壁过轻舟。
举杯潇洒秋江月，挥笔风流白帝楼。
笑指桥横飞彩练，满怀壮志展新猷。

## 李王业

李王业，海南省儋州市人，1948年生。曾任小学教导主任，中学副校长，学区主任等。

### 冒雪登长城

顶风带雪上长城，北国银装百感生。
笑问秦皇何处去？壮观万里古今评。

# 李少光

李少光，海南万宁市人，1943年生。中华诗词学会会员，万宁市诗词学会秘书长。

## 答台北友人

仰天长叹自依栏，合璧联珠盼友还。
放眼神州天地阔，回头夕照鬓毛斑。
青山不老人先老，故土重圆月亦圆。
惜取黄昏无限好，拨开云路到琼南。

## 老荒岭怀旧（二首）

### （一）

春风秋雨打蓑衣，片片芦花结草居。
南麓守株相为命，西窗画荻望无期。
途穷难得真知己，蚕死空留上品丝。
水复山重何处是，尘封篱角又新枝。

### （二）

已是秋深夜幕垂，但闻候鸟急声催。
三春鹿迹空山过，一叶枫红带雨飞。
泪水交加还未了，烛心惜别待何时。
岚光浮动弯弯曲，为诉天陲忆乱离。

# 望秋月

出入浮云不觉秋，但垂清白逗风流。
广寒露冷遗空乏，碧落天高羡自由。
曾把暗香投大地，难圆旧梦报环球。
青春不老黄昏后，为济苍生润绿洲。

# 李允正

李允正，海南省儋州市人，1936 年生。中学教师。

## 野炊有感

云月湖边景色妍，青山碧水接蓝天。
野炊尝尽馨香味，常忆人生返自然。

## 咏大榕

谁擎绿伞欲遮天，树干条条立眼前。
一木成林非怪事，南溟地热有奇观。

## 李永光

李永光，1940 年生，海南省儋州市人。先为教师，后转干部。中华诗词学会会员，儋州中华诗联学会会员。

### 迎客松吟

不忌狂风雪，四时枝叶秾。
欣然迎雅客，挺拔自从容。

## 李光鸿

李光鸿，海口市人，1946 年出生。曾任海口市长流中学副校长，海口市秀英区委统战部副部长。海口市秀英区诗词对联学会理事。

### 抗雪救灾

风雪连三月，灾情遍岭南。
交通受梗阻，旅客返归难。
天地降横祸，军民搏岁寒。
英雄可歌泣，共闯玉龙关。

## 李兴川

李兴川，海南省琼海市人，1950年生。中华诗词学会会员，海南省诗词学会理事。

### 游览牛路岭天门

举目千峰峙，登高吾若岑。
横观云霭涌，侧看雾岚纷。
赤岫催朝急，高崖阻暮奔。
缘何仙景盛？疑是近天门。

### 览二龙潭

万丈涛声远，千年颤韵连。
遥瞻银汉落，近赏碧珠旋。
泻瀑摇峦岳，飞泉撼宇天。
难寻龙影现，独信此栖仙。

## 浪淘沙·观瀑小浪底

地颤岳峦摇，跃虎腾蛟，黄河源自九重霄。自古难羁豪气壮，吞噬群礁。　化瀑泻飞潮，巨浪洪涛，云旗雷鼓号声嘹。宇倒天倾小浪底，旷世一骄。

## 蝶恋花·访博鳌南强海南省文明生态第一村

躬践南强添百乐，花径幽然，处处新楼落。绿水洲头千舸过，游人一览胜仙客。　生态文明夸举措，妯娌相亲，兄弟情难舍。同绘蓝图前景阔，小康社会歌长贺！

## 李学明

李学明，海南乐东人，1941年生。曾任三亚地方志办公室副主任。中华诗词学会会员，海南省诗词学会理事。著有《心韵斋诗词选》。

### 元日书怀兼寄友人

寒冬随岁尽，紫燕又新栖。
幽梦寻枫叶，柔情系柳丝。
诗心终不改，姮影却难期。
万里云天外，雁书达几时？

### 题程君国画《墨竹》

疑是滇山竹①，难分伪与真。
构思无俗套，写意见清新。
疏密随心出，淡浓挥笔匀。
虚怀人景仰，节直善其身。

【注】

①云南滇山有墨竹。

## 野花

名园无意斗芳华，更恼庭前众口夸。
旷野扎根花烂熳，清香飘过几人家。

## 友人家有杨桃树，结有甜酸果，尝后得句

累累青果伴阴浓，尝罢个中味不同。
间有酸甜集一树，物情也在世情中。

## 山村居住杂咏（四首）

### （一）

行年十八上征程，周甲归来度晚晴。
莫谓山村皆寂静，鸡鸣狗吠醒三更。

### （二）

后门斜对是蕉园，时见轻风漾绿澜。
且喜农家忙里乐，山歌响彻暮云间。

（三）

小羊三五离栏去，戏逐狂奔驯也难。
忽听咩咩数声唤，各归其母不贪玩。

（四）

入乡随俗也怡然，槟果烟筒任聊天。
盘膝坐谈今古事，三皇五帝太平年。

## 李荣福

李荣福，海南儋州市人，1936 年生。退休干部。现为儋州市中华诗联学会副会长。著有《和禄诗联集》。

### 郊 游

逸兴闲情假日游，山川四望翠盈眸。
香花芳草真弥漫，飞鸟游鱼好自由。
旷野舒心开眼界，春郊散步弄沙鸥。
天然美景人陶醉，无限风光眼底收。

### 题儋州第二中学

址基爽垲校宫宽，景聚文风叹壮观。
左隐幽亭呈翡翠，右生碧水映霞丹。
春晖灿烂如洙泗，古树阴凉缀杏坛。
更有满园桃李笑，春光永驻自斑斓。

### 咏 竹

秉性生来直，心虚节更坚。
莫嫌枝叶瘦，铁骨傲霜天。

# 咏野花

生来顽质异昙花，四季长春度岁华。
雪压霜欺何所惧，常沾雨露吐奇葩。

## 李显扬

李显扬，广东从化市人，1933 年生。水利工程师，长期工作于海南水电部门。2008 年去世。海南省诗词学会会员，著有《绿水之歌》。

### 答友人（三首）

（一）

来函拜读喜洋洋，难得真诚一瓣香。
往事追怀当鉴镜，前程指引作津梁。
但崇纯洁冰山白，不羡豪华马褂黄。
虽近夕阳心尚炽，红霞晚景耀遐荒。

（二）

恰似泥牛入海洋，难循踪迹觅芳香。
虽生身世如芒草，曾建楼房作栋梁。
若不引来渠涌绿，岂能染得稻流黄。
但求宝剑齐齐亮，斩杀妖魔尽落荒。

（三）

宽阔胸怀若海洋，梅花傲雪尚留香。
攀登宁可屈身体，受压依然挺脊梁。
学咏提倡崇太白，就医建议请岐黄。
古稀人老心犹健，德苑耕耘岂可荒。

## 《绿水之歌诗词联第三集》自序

（一）

寄情山水写丹心，更有夕阳红满襟。
三集凑成缘腋集，千吟敲就学龙吟。
虽无财富留双璧，却有精神抵万金。
若问诗词何作用，居然助我葆青春。

（二）

赖有安宁一颗心，更能随遇解烦襟。
声传动地因长啸，语出惊人在苦吟。
不去登门甘立雪，何来点铁变成金。
但求到老身心健，满目桑榆尽是春。

## 过阿陀岭

四野阳光灿，山间大雨倾。
无晴唯是处，此外更多晴。

## 水龙吟·纪念松涛水库兴建四十周年

年逢不惑回眸，是谁力挽狂澜倒？健儿六万，翻江倒海，移山建造。高峡平湖，碧波万顷，群峰环抱。令江河改道，欢歌流水，年年唱，丰收调。　满目湖山景色，醉游人，风光美妙。泛舟过岭，观鱼跃树，任君情好。更有水龙，穿山跨壑，渠成水到。直奔流百里，洗梳妆扮，椰城新貌。

## 李科裕

李科裕，海南澄迈县人。中学教师。海南省诗词学会会员。

### 加乐中心小学校友会

校友欢欣聚满堂，同歌成就志昂扬。
诗山文海谱新曲，更喜桃红吐艳芳。

## 李养国

李养国，万宁人，1945年生。退休前任海南省地方史志办公室主任，兼中国地方志协会常务理事、海南省文化历史研究会副会长、海南省诗词学会理事。主编《海南省志》十数部。

### 大洲岛①

宝岛明珠粲，仙山海上浮。
万般生态好，千尺峭崖幽。
珍贵推金燕，娇娆独大洲。
自然须保护，开发亦筹谋。

【注】

①大洲岛为国务院批准的国家级自然生态保护区，以出产灰金丝燕燕窝闻名。

### 大花角

花角天垂石作帘，神工造化琢奇观。
滩如瓜果堆银盏，海若琉璃叠绿盘。
草木葱茏猴戏乐，洞岩瑰怪客游酣。
渔姑伫盼郎归处，亭上低回赏碧澜。

## 万宁日月湾

蓝天连碧海，日月照妆台。
游客凭栏处，波平一镜开。

## 菩萨蛮·山钦湾

从礁岿峙如龙卧，浪花溅玉纷纷落。帆影沐斜晖，渔歌荡翠微。　　南溟春意早，香缭海神庙。何日起琼楼，风光一望收。

## 虞美人·威海怀古

百年遗恨刘公岛，黄海沧波啸。北洋舰队化忠魂，血战悲歌耳际似犹闻。　　今朝威海景如绘，教得游人醉。莫将国耻付东流，甲午硝烟代代涌心头。

## 李晋棠

李晋棠，广东梅县人，1940年生。于海南师院任教多年，后为海南电大副教授、学报常务副主编。中华诗词学会会员，海南省诗词学会副会长。著有《雪泥鸿爪诗词集》等。

### 同窗聚会重有感

一九九三年十一月二十九日，同窗二十余人参加母校武汉大学一百周年校庆典礼，阔别三十年首次团聚，中夜难寐，赋《同窗聚会感赋》。次日座谈，畅叙情怀，约定每隔三四年重聚。返琼觉前诗意未足，今申之。

劳燕依依别，分飞三十年。征途半似梦，往事百如烟。
白发应时长，青春不可延。国家遭内乱，文士受牵连。
荣辱穷通有，甜酸苦辣全。忧时思老杜，斥愤效青莲。
矻矻栽桃李，拳拳执教鞭。忝居公仆位，尽职不争权。
羞做亏心事，耻贪非份钱。昔时流放地，今日特区天。
宝岛四时美，琼州百物妍。椰风梳鬓发，海韵入诗篇。
新曲向人学，古书伴我眠。无儿嫌不足，有女实堪怜。
体健方为福，心宽便是仙。与君离别意，同盼再团圆。

# 赠答诗（二首）

## 笔赠文人

笔者，文人用以著书作文之工具也。凡工具者，古今皆以唯主人之命是听为善者也。而笔似不驯服，其赠言石破天惊，为文人所始料之不及。是过激之言乎？抑或正中要害乎？读者诸君自辨可也。

世间万类有真情，唯独儒生心不诚。
形势糟糕夸大好，粮油短缺说丰盈。
三杯酒后是非混，一阵风来左右倾。
自命清高甘粝食，空将墨水为君耕。

## 文人答笔

文人者，或谓善于文饰之人也。观笔之赠言，其锋芒所向，似无所逃遁者也。然文人之答辞，妙在能避其锋颖，顾左右而言他。是有难言之隐乎？抑或故作狡黠乎？亦由读者诸君自辨可也。

我辈谋求主义真，劝君忧道莫忧贫。
惭无贾傅治安策，耻学安仁拜路尘。
感事狂歌追李杜，伤时长啸效苏辛。
讨嫌还是牢骚盛，难得糊涂装哑人。

## 事教三十周年感赋

夜猫备课喜更深，惯把清茶饭后斟。
曾历轻文遭白眼，又逢重教沐甘霖。
听歌学舞童心在，树李栽桃老境侵。
最苦吟哦咬字拙，至今满口客家音。

## 沁园春（二首）

### （一）

教室冷清，阵阵西风，落叶枯黄。算锄头独贵，空谈主学，笔头最贱，白做文章。辍课开荒，停工种地，马勃牛溲第一香。交白卷，竟荣升大学，岂不荒唐？　　斯文扫地堪伤。叹沧海横流十载长。怅继承孔孟，讥为复古，学于英美，斥曰崇洋。深夜批修，清晨念佛，谁发牢骚谁断肠！愁云锁，待何时重见，教育之光？

（二）

天道无私，民意难违，四害云亡！正清源肃毒，实施美政，尊师重教，医治创伤。并举红专，兼修主次，洙泗文明大发扬。去糟粕，且勇于借鉴，他国之长。　　校园换了新装。为四化、辛勤育栋梁。看断机诲子，几多孟母，读书映雪，岂止孙康？励志攻关，因材施教，希望之舟已启航。征途远，喜全民共识，教育兴邦。

## 沁园春·代中年教师子不虚赋

上有双亲，下有妻儿，四十出头。算工资菲薄，难糊六口，住房暗窄，易损双眸。抱病攻关，凝神授课，作育英才为国忧。伤情处，叹人称“老九”，白眼相投。　　何须借酒浇愁。四害灭、园丁壮志酬。正胸怀大业，承前启后；肩挑重担，探胜寻幽。教学功丰，科研果硕，谁道中年万事休！春来矣，已加薪晋级，住进新楼。

## 沁园春·代老先生有是公赋

授业多年，两鬓如霜，心血斗量！看拳拳传道，形神俱醉，孜孜解惑，口舌成疮。一忽儿香，霎时间臭，“文革”披蓑学放羊。从教后，历几番磨难，几度沧桑。　　经些风雨何妨！是葵藿、荣枯总向阳。正焚膏继晷，栽培助手，著书立说，贡献专长。稍逊三千，略输七十，桃李成材遍四方。情难老，为振兴华夏，夕照辉煌。

## 水调歌头·自嘲

渡海正年少，转瞬入中年。怪哉甘苦尝遍，却未鬓毛斑？内乱称为“文革”，外号名之“老九”，我辈总兼全。无可奈何也，恰是史无前。　　稀奇事，迷如雾，幻如烟。几经磨难，应喜仍自守愚顽。耻学吹牛拍马，笑视求名争利，曲意讨人怜。甘做教书匠，得失总由天。

# 水调歌头·自嘲

白发最公道，知命即光临。飞鸿踏雪何处？宝岛爪痕深。不效相如献赋，耻学安仁拜路，守拙到如今。伯乐不常有，空抱济时心。　　宗悫志，庄周梦，晓难寻。幸哉渐悟，知足常乐值千金。曾慕渊明自适，更喜青莲旷达，得失付闲吟。何事堪欣慰？桃李已成林。

## 李家润

李家润，1947年生，原籍海南琼海人。曾任陵水县文化局副局长兼文化馆馆长，海南省青少年活动中心主任，海南省林业局调研员。

### 西江月·五指山

五指摩天托日，半山飞雾流云。劲松峭壁驻根深，古老雨林不尽。　　万眼泉清涓汇，三江[①]水碧流奔。恩滋宝岛化黎民，岁岁春花似锦。

【注】

①三江指万泉河、南渡江、昌化江、皆发源于五指山。

### 蝶恋花·杭州西湖

妩媚妖娆谁可媲？绝后西施，魂逝香难逝。柳浪闻莺人自醉，断桥欲觅白娘子。　　曲院风荷摇暮里，残照粼粼，叠映诗情意。最是双堤心所系，文山泰斗忧民事。

# 满江红·游绍兴

会稽春妍，东湖阔，清涟碧翠。沈园静、幽幽叙述，爱情悲美。丽水千条山染绿，画桥万座船摇醉。看兰亭、竹茂蕙含芳，碑廊媚。　地灵杰，材荟萃，侠剑利，文华斐。造几多俊秀，感人心肺。徐渭青藤无价宝，右军翰墨连城贵。访故居，鲁迅像沉思，吟三味？

## 李培忠

李培忠，湖北孝感市人，1928年生。长期从事海上运输通信，现为三亚海事局离休干部。广东岭南诗社社员。

### 咏航灯

敢涉波涛向海陬，微光闪烁乱礁头。
殷勤指点航行路，长报平安慰旅愁。

## 李焕蕃

李焕蕃，1946 年 7 月生于海南省儋州市。历任小学教师、学区主任、中学教师。中华诗词学会和儋州市诗联学会会员。

### 读《老子》有感

《老子》五千融哲理，精深博大示人生。
“无为”“大有”平衡利，“宽泰”“安居”正反赢。
道德修行人谙世，权名恬淡寿长庚。
伟人晚节仍辉耀，悟彻真经又历行。

### 退休感吟

吾爱吾庐退职还，老来始得一身闲。
弄孙欣喜含饴蜜，劝子辛勤接好班。
花底高歌兼把盏，江边垂钓又看山。
栽桃植李家风在，万紫千红笑逐颜。

## 踏莎行·母校儋州市山春小学

门对千山，窗含百卉。双双眸子明如水。牵来五彩绘春光，雏莺婉转声声脆。　　媚月扬辉，蛙声鼎沸。芬芳桃李熏人醉。殷红笔笔沁芳心，年年硕果枝头坠。

## 沁园春·儋州市中和大桥

桥似长虹，跨北门江，七里翠屏。望平畴沃野，百花争艳，江山添锦，岁月峥嵘。月夜生辉，霞光万丈，旖旎风光夕照明。朝北望，有东坡书院，画意诗情。　　游人到此心清。听宋代苏公木屐声。看万家灯火，千门竞盛，四时佳景，百卉争荣。水陆纵横，交通发达，划破长空汽笛鸣。革新路，送生财信息，富足州城。

## 李景新

李景新，1964 年生，安徽萧县人。琼州学院中文系教授，中国苏轼研究学会会员，中华诗词学会会员。主要从事古代文学及传统文化的教学与研究，有学术论文 50 余篇发表，代表作为专著《天涯孤鸿苏东坡》。

### 剑

椒壁挂霜剑，案头对孟论。
寒光分干将，锐气隐龙门。
不遇东阁筵，冰雪独自存。
左拥扶风帐，右接陶令园。
前齐庄生物，后倚莲花尊。
却效东坡老，归智于愚村。
贾岛何须叹，敛迹守真魂。
护此名山业，好此性情言。
瓠落岂无用，浮海作大樽。

## 周济夫先生赠大作《琼台小札》并感长文盛行遂作此诗

学界盛风气，动辄演长文。
巧弄生花笔，连篇缀烟云。
花团迷人眼，锦簇失真醇。
作者颇踌躇，读者多逡巡。
琼台有学者，寸土甘耕耘。
自名为小札，广涉诸典坟。
篇章虽云小，尺幅发至论。

## 京师访学归来作

余于北京师大作访问学者，完成《天涯孤鸿苏东坡》初稿，归至海南而赋此诗。

思接千载心茫然，起坐有如鱼挂竿。
灯下韦编绝千万，溯尽桃源眼始宽。
先哲踪迹尚可寻，笑貌音容浮眼前。
逸少池边徘徊久，方敢濡墨皴峰峦。
问君何事兀兀然，京师海上去复还？
登高望断天涯路，莞尔一笑何用言。
青溟浩荡难见底，苏海边缘弄风帆。
忽而一泻千万里，时复滩头上水船。
上元夜色灯火阑，蓦然回首云月边。
霹雳骤雨忽吹散，浪静风平映蓝天。

散怀清坐小窗轩，何必江渚叹逝川？
煎翻茶脚松声响，轻注一杯润肺肝。

## 李光居儋歌

东坡离去五十年，天降高人又居儋。
一代忠良守正气，末造奸人忌大贤。
烟波浩渺绝海域，瘴疠交攻苦艰难。
问君何能自悠然？云霞满目入佛禅。
雅韵歌吟三百篇，把酒临棋效坡仙。
拄杖无时访遗迹，儋耳庙罢桄榔庵。
逐放未忘忧黎元，身在孤岛思安边。
胸怀弦诵醇风化，学记一篇论孔颜。
最是初蒙生态想，高情更比松柏坚。

## 读李商隐咏蝉用其原韵

岂为苦甘食，常吟热烈声。
鸣蝉本无意，诗客自多情。
春去眠期绝，秋来气息平。
曾经含重浊，早晚化轻清。

## 山 居

山中游戏罢，独自坐幽篁。
远望夕阳矮，仰看竹节长。
无心风过耳，有意酒飘香。
莫问其中味，新蟾入梦乡。

## 无 题

问君谁共把金卮，满目烟霞兴味迟。
人立孤峰歌浩荡，梦回曲水思纷披。
茂陵春晚长卿渴，云梦秋高宋玉悲。
天地悠悠多过客，眼明心黯竟迷离。

## 乐山礼佛

万相无形故有形，色空不易是为名。
眉间一线通彼岸，脚底三江渡众生。
收视可听沙世界，澄心能接大光明。
数声佛号红尘远，神自悠扬骨自清。

## 五台山口占

五指行吟客，五台持咒人。
空中散花手，地上快哉身。

## 红 棉

岭外异花开，春来逗新句。
云端疏影斜，巨蕊点成趣。

## 闲 赋

午睡醒来书满床，心中无事自清凉。
侧身随手两三页，不辨书香与梦香。

## 久米仙人（并序）

《元亨释书》载：久米仙人入深山学仙，食松子，服薜荔，一日腾空，飞过故里。会妇人以足踏浣衣，甚白，忽生染心，即时坠落。余读而绝倒，因作是诗。

久米仙人得道时，人烟散尽御云飞。
忽然下见浣衣胫，乍落尘埃一念迷。

# 李嘉惠

李嘉惠，海南文昌人，原为澄迈籍。医师，文昌卫校教师。著有《李嘉惠诗集》。

## 铺前港写照

枕山抚海展高楼，满目青烟映晚秋。
落日波心燃赤炬，渔歌仙乐缔心头。

## 吴　平

吴平，1979 年底调入海南某机关工作。2005 年底开始学写诗词。

### 黑砖窑事件感赋

黄土高坡黄土黄，砖红火炼砌华堂。
大官小吏堂前坐，浊水污泥脚下藏。
心似黑窑三晋暗，命如薄纸九州伤。
高楼竞秀繁荣处，一抹残阳照血墙。

### 梦回秦关

千年灞柳泪斑斑，多少残枝绿未还。
铁骑悲鸣无定水，清风苦度玉门关。
秦砖万里雄图在，唐韵三朝冷雨删。
若问辉煌传几世，佳人一笑一颦间。

### 青藏铁路

一声汽笛九天闻，玉帝惊呼哪路军？
钢铁巨龙云里过，昆仑从此矮三分。

## 海瑞墓

魂归故里守清泉，不让丹心染大千。
无奈贪风吹日盛，池中波荡碎青天。

【注】
海瑞墓园中有一水池，池水清澈，曰“不染池”。

## 游吊罗山（选二）

### 小　溪

潺潺溪水绕山阴，山愈清幽水愈深。
绿叶应知尘外事，年年由此出丛林。

### 山　花

万绿丛中兀自开，缤纷红素远尘埃。
回城每忆山花俏，犹有清香扑鼻来。

# 回乡片段

## 其 一

步履沉沉返故园，新楼看罢觅残垣。
残垣依旧风中立，人到跟前顿失言。

## 其 二

石板青青小巷深，晨辉一线似光阴。
几多旧迹犹能辨，那串欢歌无处寻。

## 其 三

一夜秋风不胜烦，频敲旧梦驾心辕。
泛黄日记今犹在，几次开箱不敢翻。

## 其 四

故人相聚意如何，尽在当年那首歌。
唱到秋来霜染鬓，三杯老酒眼婆娑。

# 咏瀑布

## 其一

乐行华彩动山冈，玉溅悬崖万点光。
为引溪流奔大海，纵身一跃梦飞扬。

## 其二

飞流直下水三千，疑是长空展玉笺。
我欲挥毫题绝句，忽闻太白唱前川。

# 吴 彦

吴彦，1964 年出生。现任海南省琼海市人民检察院检察长。中华诗词学会会员。

## 民工吟

正月风呼号，屋漏逢雪飘。娘瘫三载卧，妻病待诊疗。
有儿年十五，辍学下煤窑。有女年十一，农耕尽操劳。
独我壮且健，打工路迢迢。娘执孩儿手，清泪滴胸口。
娘命尚有期，儿且安心走。家中勿挂牵，薄田收升斗。
妻伏丈夫肩，双泪已涟涟。他乡衣和食，常寄家书还。
自知人卑贱，有理莫惹官。小女心如灼，泪花自闪烁。
四海穷人多，非是爹娘错。时时奉高堂，日日勤劳作。
一入都市中，香车驰如龙。酒楼射霓火，华厦比帝宫。
小姐颜如玉，老板腹似弓。路人多白眼，笑我农民工。
朝朝路旁蹲，双眸望行人。但得一人问，骤起人一群。
只求能果腹，不计廉价身。谁怜盲流苦，多给一分文。
七月好运行，工地招男丁。雇工八十四，榜上喜有名。
食有粗糙饭，住有简易棚。否泰绝胜昔，不为一餐争。
早起送沉月，夜归披群星。但为得薄俸，回村有微荣。
骄阳一如火，赤地一如烹。养家不觉苦，挥汗反觉轻。
人分三六等，地义复天经。亿民皆富贵，得谁做牺牲？
知此则知足，何必心不平。蹉跎腊月初，工资至今无。
年关不日近，老少待相扶。眼望回乡路，心思已飞渡。
亲人盼我归，我盼亲人晤。一电加急来，犹疑不敢开。

怕闻电中语，未知喜或灾。晴空一霹雳，旋转仆芦席。
身遭万箭穿，心加利刃劈。我儿蒙祸端，矿难发昨夕。
可怜儿少年，煤深人寂寂。戚然见雇主，呜咽几无语。
但乞付欠薪，明日发行旅。雇主不动容，肥躯仰还慵。
世人多可悯，非尔一家穷。何知汝真假，声情岂由衷？
一怒指苍天，何出禽兽言。腹内挫肝肺，心横出铁拳。
难敌保安众，头破血如泉。是夜阴云积，漫天黑无际。
独自长街行，万念尽消逝。凄凄望夜空，亡儿声含涕：
天你何为天！地你何为地！

## 女工吟

明月和泪看，小窗树影寒。一日缝纫苦，枕上思绪连。
铁门隔闹市，微光入车间。斗室容一铺，十女并排眠。
有网非防盗，防人出牢栏。昔闻包身史，今住活人棺！
二载无归期，煎熬日月移。寝食定时限，早晚闻鸡啼。
裁得多少恨，缝得多少丝。可怜裁缝女，尽着褴褛衣。
一菜盐共水，两餐粥复稀。何止薪酬薄，常被拳脚欺。
布衣十载汗，豪门一席资。不因穷人养，哪得先富肥？
梦中娘相见，珠泪织成串。去年娘身亡，家远难谋面。
两界断阴阳，九泉长思眷。魂来探娇儿，心更碎成片。
嚎啕惊梦觉，姐妹嘶声裂。烟自厨下生，光焰渐浓烈。
夺门路未通，夺窗网牢结。火舌正蔓延，森森心胆绝。
凄厉呼连声，青春不忍别。莫非与娘归，火里竟同穴？
次日北风狂，草木折绿裳。大雨未消歇，天降泪千行。

## 七　月

某地建筑女工伏天无处洗浴，穿衣浴于街头。

七月天流火，炎炎暑难禁。路有打工妇，浴处无所寻。
污身和衣洗，淋漓浇满襟。往来人多见，不复起羞心。
有贾驱车过，贱民愚已深。有妓驱车过，杂然出笑音。
有吏驱车过，市容毁于今！逐之呼城管，号令自森森。

## 水调歌头·我的创作观

放眼看天地，下笔赋春秋。人间风雨，凭我携取种诗畴。欲借昆仑瑞雪，一洗江河浊浪，纸上作狂讴。黄叶纷纷下，慷慨对荒丘。　宋唐纸，公子志，美人眸。都成逝水，何事今替古人愁。我向山林低处，遍访柴门茅舍，与子共欢忧。诗为穷人写，不鼓富家喉！

## 鹧鸪天·所见

街市轻歌处处闻，华楼出入酒生春。树边睡倒盲流客，车上悠然暴富人。　“田贱卖，厂私分！”人潮又聚府前门。小民多少揪心事，直待焚香问鬼神。

## [中吕]山坡羊·矿难

颤巍巍爹搀娘抱，厉森森妻呼儿叫，硬生生这连三接二伤心调。　为个糊口的钱钞，断了养家的根苗，乱纷纷阴魂挤满黄泉道。　喜滋滋那暴富的豪强难喂饱！煤，祸不少；人，罪不小。

# 吴 群

吴群，海南乐东人，1921 年生。中央警官学校毕业，后当教师。中华诗词学会会员，海南省诗词学会会员。2004 年逝世。著有《梦旦集》，改编《海南民歌西厢记》。

## 八十遣怀

小住人间八十期，闲来好啃背时诗。
穷愁欲乞贪泉水，孤介难成软骨螭。
赖顾天风搜破卷，常和素月侃山卮。
白驹载我匆匆过，待得重临又一痴。

## 新春戏笔答老妻

狗咬鹑衣蚁逐荤，我偏忧道不忧贫。
可怜瘦骨风霜里，犹自疏狂旦暮吟。
附树柔藤争翘尾，虚心劲竹自盘根。
董狐直笔千秋重，为有丹忱一点馨。

## 迎春曲

一夜东风万物苏，神州顿改旧规模。
小康十万成新镇，天堑三千变坦途。
才见铁龙穿海底，又闻高峡出平湖。
险峰不怕年年上，无限风光入画图。

## 中　秋

雁行拖字月明中，云路秋山万里红。
更喜黄花诗酒熟，深宵一梦九州同。

## 茶　乡

陌上无腔牧笛吹，山村二月稻儿肥。
青溪一路花花伞，尽是茶姑采叶归。

## 春　雨

迷濛小雨细如无，入户无声润若酥。
稻自成行瓜满架，何劳布谷叫咕咕。

## 庐　山

乍晴乍雨古来奇，五老峰前牯岭西。
欲问英雄多少泪，寒潭水满夜凄凄。

## 寄儿时挚友

记否春阴学种瓜，也曾踏浪海边沙。
沧桑七十真如梦，剩把馀生付晚霞。

## 明康先生考察东南亚归来赋此呈政

作兴文星辞故都，九秋风月下蓬壶。
江山异域奇花草，不识诗囊满也无。

## 子陵滩

干戈不止竞登场，弹指千年汉又唐，
何似子陵滩上客，寒江钓得雪千筐。

## 清　明

老去艰难子不怜，却来身后竞烧钱。
年年墓上清明祭，一滴何尝到九泉。

## 禹　陵

百年风雨苦难晴，不听蛙声听螟声。
何日吾公方再世，浊流归海大河清。

## 吴中平

吴中平，海南万宁人。当过小学校长、中心小学教导主任。著有集子《闲聊韵味》。

### 壁　画

古木盘根浮出土，彩霞披树半空铺。
悠闲白鹤千姿别，烂漫红花百态殊。
深涧无波如镜子，薄岚有幻似仙姑。
更欣石上清泉泻，洗净万年尘世污。

### 望秋月

皎洁岂分春与秋，尘埃不染异凡流。
巡天绕地银光靓，祝酒吟歌情趣悠。
但愿素娥多舞袖，也期淫雨少淋头。
暮年愈觉爱明月，竭尽余晖沐九州。

# 吴日球

吴日球，琼海市人。中学语文教师。琼海市诗词学会会员。

## 瞻仰陵水县苏维埃旧址

长夜谁能缚恶龙，风云叱咤起农工。
红场犹在启先业，光映神州别样彤。

## 吴东安

吴东安，海南万宁人，1939 年生。退休教师。万宁市诗词学会会员，著有《邹鲁诗词集》。

### 抒　怀

古稀两鬓霜，衰老本寻常。
无意争高下，凭他说短长。
性灵尊淡薄，世态忍炎凉。
闲赋诗词乐，称心对夕阳。

### 放鸭翁

田塘放鸭白头翁，风雨一蓑任夏冬。
地阔天空蹲陌路，南来北往卧帆篷。
嘎声催紧长竿舞，饼铒洒匀浅水中。
饱后梳绒清濯翅，牧歌带笑看苍穹。

### 青云塔题壁

历劫从容不计秋，雷霆风雨岂低头。
沧桑历尽豪情在，铁笔玲珑写万州。

## 扁 担

出自山林削剖成，挺身负重度平生。
襟怀鲠直贴肩上，弹奏动人咿哑声。

## 浪淘沙·山村即景

峻岭沐朝阳，曲径花香。林深鸟语蝶蜂忙。堰侧池塘乳鸭嬉，草地羔羊。　　公路绕高冈，摩托飞翔。傍山排列建楼房。电线横穿跨峡过，灯亮山乡。

# 吴亚雄

吴亚雄，海南省临高县人。国有企业人员。中华诗词学会会员，有诗集《平头乱句》问世。

## 毛泽东手书文天祥《过零丁洋》诗崖刻前留影

追踪寻迹到伶仃，突兀岸礁悬刻铭。
正气不随波浪去，丹心还向昊天鸣。
孤臣绝唱成千古，伟哲挥书续汗青。
差幸崖前留一照，区区旅棹亦前行。

## 戊子年除夕夜于海南家中念黔云桂湘鄂苏浙赣粤等地遭雨雪低温围困灾民

大灾突降最无情，遍地哀鸿一夜生。
万里车流行路断，千村户闭盼灯明。
人争放炮迎神至，我自燃香祷雪清。
双目难随春晚乐，飞心越海探风声！

## 念李白

遥想唐时太白身，竟将权贵不当真。
醉看日月壶中水，醒见乾坤酒里人。
放浪山川留胜迹，漫吟天下逐浮云。
一声诗句千秋墨，今夕吟来倍觉亲。

## 怀杜甫

当年诗圣显灵处，还在秋风茅屋中。
恨别惊心家国破，感时溅泪鸟花同。
长安几易新君主，溪上依然独钓翁。
乱世写成诗史笔，声声字字不吟空。

## 吴光儒

吴光儒，海口市人，1927 年生。曾任永兴中心小学校长兼学区主任等职。海口市秀英区诗联学会会员。

### 诗会感怀

寻章觅句不辞劳，流水高山兴会遥。
名利无争人大度，弘扬诗教冶情操。

# 吴多鑫

吴多鑫，海南省澄迈县人，1957 年生。现任澄迈县文联副主席，海南省诗词学会会员。

## 说气球

生就一副圆滑相，抹粉涂脂扮娇颜。
体柔肉嫩无筋骨，腹空心虚失肺肝。
装腔作势靠吹拍，觅乐寻欢善帮闲。
好大喜功成秉性，身败名裂是当然。

## 吴运环

吴运环，1922 年生，海南琼海人。从教三十余年退休。中国书法家协会会员，中华诗词学会会员，海南省诗词学会名誉理事，琼海市诗词学会顾问。著有《兰榭诗词集》《吴运环书法集》。

### 梦花仙①

如驾千寻上，忽然下平畴。
绕梁歌三匝，周遭翠欲流。
袅袅裙裾至，与我共飗飕。
联步鹅池地，娴熟复温柔。
一语万籁静，一笑百花羞。
良宵对倩影，如在河之洲。
翩翩难欲罢，忘却累与愁。
童稚荐饴糖，情意甚绸缪。
欲别犹依依，梦与花仙游。

【注】

①盆栽官粉海棠盛放，移置案头观赏，午寝居然有梦花仙之奇遇。

## 兰史歌

太高作令时，布政古兰溪。
继调海宁治，州事绰有余。
后临杭州府，清介一同知。
年老归田里，取号曰兰居。
诗赋抒怀抱，莳兰以自娱。
芳馨贻后裔，莫把令名违。
我性亦疏淡，高怀物理齐。
砚耕三十载，退下耽诗书。
翰墨可酣饱，兰香欲湿衣。
耿耿高格调，清逸是襟期。
泉石为吾友，兰竹亦我师。
至道存高洁，兰孙志不移。
清香自远播，兰史益书诗。

## 通什山城夜景

地势飞腾百尺楼，山城信美胜银瓯。
云间车向天衢没，道上人从星际流。
十里椰花香浸月，几家阿妹唱牵牛。
黎园夏日溶溶夜，玉露斟斟银汉秋。

## 赏 梅

洒逸缤纷浑似雪，春晴佳景是斯时。
飞花催得群芳发，生气恒将众卉齐。
坐读唯闻香满页，行吟犹见玉连枝。
落英敷地何须扫，浪漫诗翁人笑痴。

## 题 影

乍看恍如一醉翁，丰姿艳发酒痕浓。
昂头睥视沧桑事，侧耳倾听世纪钟。
吞吐云烟养浩气，含茹雨露润诗丛。
影家意匠成佳作，写我情怀莞尔中。

## 凌晨乘车上文昌获观日出奇景

直道轻车过若梭，晨曦初露醉颜酡。
忽而林际生奇景，网得红轮温太和。
宠观万物竞相随，不识车驰抑日飞。
岁杪寒冬去欲尽，人间到处布春晖。

# 大雾感兴（三首）

（一）

朝来大地罩冥蒙，春树楼台隐约中。
百步闻声人不见，如痴似梦总朦胧。

（二）

疑是仙娥沐浴遮，洒余香露漫成纱。
一番美景谁相赏，浮动诗情欲泛槎。

（三）

幽深莫测象环生，夷险无常决策赢。
溯想当年军赤壁，一场大雾助奇兵。

# 吴坤浓

吴坤浓，海南省文昌市人， 1932 年生。海南省诗词学会会员。

## 访故友

车经锦山镇，顺便看韩强。
家住山坡下，屋临公路旁。
鸟啼藏绿树，蛙语闹池塘。
花卉香庭院，椰林荫瓦房。
多年不见面，相遇乐如狂。
呼妇杀鸡鸭，留余待杜康。
相知喜聚会，互饮话沧桑。
五九遭灾祸，一家受饥肠。
今朝施善政，岁晏有余粮。
副业蛙猪菜，农余犹牧羊。
家庭衣食足，存积寄银行。
谈罢醺醪醉，辞行事不忘。

## 吴明君

吴明君，海南临高县人。曾任澄迈中学、广东临高师范学校校长，临高县诗词学会第一任会长；现为中华诗词学会会员，海南省诗词学会会员。

### 咏　竹

昂然直竖锐如兵，雅韵临风玉佩鸣。
凉意一帘筛月影，绿云千片泻秋声。
高标唯觅松梅伴，本色不缘时序更。
劲节虚怀君子德，欺霜挺雪表贞诚。

### 登长城

万里蜿蜒锁钥横，苍茫浩气势峥嵘。
沧桑关塞雄无恙，功过嬴秦欠费评。
凭吊江山夸国粹，壮游宾客念民情。
千秋帝霸灰飞去，唯见奇观古月明。

### 咏落花

纵然摇落带香归，高处随风自在飞。
莫道不如枝上好，春光郊外展芳徽。

## 秋 景

眼望秋山展画屏，碧空红叶动诗情。
山光水色宜金错，一上峰峦句自成。

## 秋 色

平芜秋色胜春光，燃桂丹枫菊正黄。
最爱稻金如画展，悠扬牧笛送斜阳。

## 浪淘沙·三峡湖边眺望

昂首望峡山，峭壁云端，直抛霄汉破蓝天。行鸟旋飞消劲翅，苦渡难攀。　　浪涌大江欢，白雪飞穿，惊涛击岸卷云烟。且看平湖峡上展，浩气江关。

# 吴秉新

吴秉新，海南万宁人。万宁教师进修学校退休讲师，早年任教于万宁中学。万宁市诗词学会会员。

## 问分叉椰树

刚遒直上指云天，盛享风流寄赋篇。
今日何心叉数出，标奇炫异欲人怜？

## 问山笋

岁寒三友竹梅松，傲雪凌冰万世崇。
末俗缘何迷本性，嘴尖皮厚腹中空？

## 吴珍明

吴珍明，海南儋州人，1949 年生。曾任儋州市教育局副局长。中华诗词学会会员，儋州市诗词学会副会长，著有《芳蕤集》。

### 春残寄友

三月芳菲将欲归，落红如海映斜晖。
谁家燕去悬巢在，几处蝶来绕萼飞。
行地薰风吹陌上，接天嘉菽勃生机。
天时更序寻常事，遑论人生是与非！

### 睹六六年高中毕业照有感

凝眸旧照忆离情，揖别芸窗卅二庚。
怎奈寒霜凄大地，空怀夙愿叹前程。
崎岖世道随缘过，乖舛人生励志行。
幸甚惊雷催雨露，春残乃得暇歌鸣！

### 垄亩雨顺

好雨知时落万丝，昼晴夕晦润芳泥。
牛嗥阡陌踏春早，鞭响斜阳惜影迟。
吐翠嘉禾连畹秀，披红玉荔压枝蕤。
垄原四月流光彩，望岁耕夫喜展眉！

## 春游番加

曩闻此地风光好，携侣今朝蹭道行。
雨霁青山浮黛绿，烟笼碧水荡波轻。
胶林万壑含春翠，蕉荔千畴逐日橙。
最是峰巅舒望眼，斜阳芳草足诗情。

## 观 鸥

敛羽嘤鸣一渚鸥，翱翔江海讵知愁。
恍如箭疾排空远，乍似絮轻掠浪悠。
潮去潮来踝下荡，云舒云卷目中浮。
何当脱轭神飘逸，长与丰翎共泛舟！

## 北鸟南来

北鸟扶摇万里来，骊歌作伴翥高台。
登枝啭韵千音噤，落地舒屏百卉颓。
水绿春江浮丽色，林葳宝岛露崔嵬。
振翎且喜南疆暖，翅掠云笺任剪裁。

## 吴晓敏

吴晓敏，1979年生，海南儋州市人。中华诗词学会、海南省诗词学会会员，儋州中华诗联学会副会长。

### 游桄榔庵旧址

文章憎命此栖迟，千古人怜谪宦居。
野卉盛开公去后，断碑空对日斜时。
晚来鼾睡知牛犊，晨起惊飞噪雉鸡。
今日何年休问讯，徘徊荒径漫深思。

### 游　春

闻道游春乐事浓，兴来今日过桥东。
酒晕初醒千红里，衫色渐溶万绿中。
幽趣偶然添鸟语，新凉顿觉起春风。
天边横洒霏霏雨，不碍寻芳一野童。

## 吴海忠

吴海忠，海南省乐东县人。历任中学校长，学区主任等职。海南省诗词学会会员，著有诗词集《田舍行吟》等。

### 保港村

一园翠盖巧梳妆，保港槟榔锦绣乡。
月露花时风过处，清芬喷泻满林香。

### 红塘鲍鱼场

青青海石筑亭台，密室曲房藏玉鲐。
潮落波平晴放日，一湾惊叹小蓬莱。

# 吴敬丹

吴敬丹，海南儋州人，1909年生。1942年参加革命，新中国成立后在临高工作，离休。

## 题石榴树

石榴树茂院中栽，蜂蝶争先歌舞来。
杈上花儿红似日，株间仁实碧如瑰。
周围绿侣添成锦，四面清风欲举杯。
热夏爽凉人见爱，寒秋骨瘦敢超梅。

## 耆年抒怀

半世遭诬心未寒，耆年夕照志弥坚。
豺狼挡道成灰烬，风雨兼程化土涓。
夜夜吟诗光月下，朝朝有礼国旗前。
神州放眼新天地，一片心思随大千。

## 望故乡①

风尘仆仆走天南，回首青山痛古儋。
行人不是江湖客，身世抛将历万难！

【注】

①余于战争年代所写诗稿于“文革”中全部烧毁，记忆中仅留此首（作于投身抗战期间）。

## 吴廉心

吴廉心，1932 年出生，海南儋州市人。离休干部。中华诗词学会会员，海南省诗词学会会员，儋州市中华诗联学会名誉副会长。

### 鸳鸯颂①

偶见鸳鸯水上游，无边往事眼前浮。
狂风骤雨驱难散，结发同心斗逆流。
生死不离情切切，苦甜共度意悠悠。
沧桑易变情难变，相敬相亲到白头。

【注】

①某君在“文革”中被误打成反革命，妻子被勒令离婚，否则将被开除出队，但他们忠贞不屈，终得平反，白头偕老。

### 纪念红军长征七十周年

红军北上路漫漫，风雨雷霆一寸丹。
赤水巧穿凭妙计，金沙强渡赖忠肝。
茫茫草地炊烟断，皑皑岷山雪魄寒。
历尽艰辛成壮举，丰碑亘古色斑斓。

## 诗海躬耕

摛词敲韵意难平，十载潜研旨在精。
泼墨总关天下事，吟哦皆蕴古今情。
东篱漫步寻灵感，艺苑躬行学力耕。
辗转冥思难入梦，推窗不觉又天明。

## 骊山怀古

名山览胜喜空前，游罢归来感万千。
烽火戏臣悲失国，兵戎谏蒋换新天。
明皇湎色遗悠恨，汉武开疆颂古贤。
历代兴亡须记取，励精图治祚绵延。

## 咏一代廉吏于成龙

治世显奇谋，惩贪嫉若仇。
为民心似火，正气贯千秋。

## 夜宿云月湖

玉湖春水拥楼台，月引群山为我开。
歌管声声催夜漏，几疑身处在蓬莱。

## 沁园春·建国五十周年大庆观感

节日燕京，招展红旗，礼炮轰鸣。望广场内外，花团锦簇，城楼上下，一片欢腾。方队英姿，战鹰导弹，壮我军威证国兴。春潮涌，观彩车载喜，昌盛繁荣。　　百年风雨摧凌，激无数英雄起抗争。念英明先辈，开基创业，廿年改革，业绩恢宏。后起群贤，乘风破浪，跨纪擎旗续远征。待来日，看五洲雄立，权霸当惊。

## 眼儿媚·游故宫

紫城览胜笑开怀，纵目赏瑶台。玉楼金阙，名园仙仗，宛在蓬莱。　　人民有幸沉浮主，方得步天阶。东君雨露，群芳竞放，国祚无涯。

## 浣溪沙·庆港澳回归

雪耻狂欢不夜天，迎归焰火入云端，炎黄宇内庆团圆。　　两制推行鱼得水，与时俱进换山川，试看问鼎孰超前？

## 吴震海

吴震海，海南省儋州市人，1929年生。1945年参加革命，曾任儋县政协副主席。中华诗词学会会员，儋州市中华诗联学会名誉副会长。

### 游览松涛水库

艇船驶泊万山间，峻岭丛林直插天。
两岸猿声啼更悦，三洋鱼跃舞尤欢。
游宾引吭歌奇景，雅士抒怀谱美篇。
共赞明珠新面貌，辉煌犹念众前贤。

### 游览军屯花果园

青山热恋碧波池，昼夜相依不忍离。
岸上银房如宝殿，湖中玉女[1]若西施。
行行果树山间舞，对对鱼儿水里嬉。
何日天工修美苑？春风滋后尽生晖！

【注】
①湖中有七仙女塑像。

# 何汉平

何汉平，海南临高县人，1933 年生。小学教师。海南省诗词学会会员。

## 黄河纪游

大雾浮津白，风吹岸上苕。
长河开晓曙，碧艇荡春潮。
银汉知何处，青山耸九霄。
吟眸惊胜概，归梦此天娇。

## 文澜江之夜

是谁吹笛夜悠悠，惊落繁星万点流。
举目纵观心事远，满城灯火数江楼。

## 同村见闻

门前豆荚后园林，白首经营遍地金。
日暮上楼闲独酌，醉呼妻子尽余斟。

## 晚年有感

饱历风霜劫后舒，十年病榻觉才疏。
忽闻窗外传莺语，欲向临川借笔书。

## 咏菊

萧瑟西风满院残，黄花吐蕊为谁看？
渊明一去南山寂，唯有多情月照栏。

# 何达才

何达才，海南儋州市人。儋州市中华诗联学会副会长。

## 香港回归颂

洗雪百年辱国权，五星旗帜半空悬。
邓公决策超千古，历史新翻又一篇。
一国欣闻施两制，小龙乐见更无前。
港人治港雄风振，华夏生辉别有天。

春风拂拂暖神州，万紫千红景物优。
祖国江山呈锦绣，诗人心血写风流。
与时俱进跨新纪，继往开来展大猷。
建设小康奔富路，东西南北赞歌悠。

# 何阳崇

何阳崇，1934年生，海南儋州市人。小学教师。儋州市诗联学会会员。

## 忆黄河清进士事迹

进士鸿儒百代崇，科名高中振文风。
多才师表龙门客，博学骚人野鹤翁。
不任高官归梓里，愿培徒弟育豪雄。
流芳翰墨人人羡，道德华章赞语隆。

## 何泽富

何泽富，海南澄迈人。曾任澄迈县教师进修学校校长。海南省诗词学会会员，著有《乡韵趣吟》等。

### 题东坡通潮阁

阁远中原作海邻，坡翁朱笔赋灵神。
风平浪碧衔红日，潮涌涛汪没晚林。
白鹭遥飞何处去，秋浦残断孰登临。
长桥怀古思无尽，浊酒千杯带泪斟。

### 白头叹

青鬓当年衬碧林，高山流水洗征尘。
生身父母分怜爱，励志友朋共饱温。
胆沥沙场弘志气，肝披岁月系乾坤。
一番声泪陈前事，忍看儿孙作笑闻。

# 何建中

何建中，1940 年生，海南省儋州市人。儋州市诗联学会会员。

## 登五指山

兴怀策杖五峰西，爬尽危崖步玉梯。
一路鸟声猴子闹，远山莺啭杜鹃啼。
古松碧翠迎宾笑，危石峥嵘引客迷。
登上巅峰能揽月，归途俯瞰一城低。

## 儋州市中华诗联学会第一次代表大会上感赋

雅集群才笑语喧，诗声朗朗九州传。
弘扬国粹承先哲，丕振骚风启后贤。
万里江山归锦绣，无边光景入诗篇。
儋阳分得眉山秀，韵味流香别样鲜。

## 何赞贤

何赞贤，1945 年生，海南省儋州市人。小学高级教师、校长。儋州市诗联学会会员。

### 看电视剧《温暖》有感

勿以伦常冷似冰，血浓于水见真情。
为亲捐肾无瞻顾，一室融融乐太平。

## 邹宏达

邹宏达，海南省文昌市人。现为海南诗社社员。

### 题李风锐先生锦鲤荷花图

戏荷锦鲤荡清波，欲跃龙门蓄势多。
移挂中堂呈祥瑞，此情无独在溪河。

# 张立荣

张立荣，1941 年生，海南省东方市人。小学教师。东方市诗词学会会员。

## 鱼鳞州

一峰独秀出苍穹，怪石鳞依云雾中。
羽叶几枝扫孽雾，标灯两盏迎归艟。
身背玉栈二三串，脚踏金涛千万重。
历尽沧桑身未老，东方璀璨旭阳红。

# 张立信

张立信，1946年生，海南东方市人。曾任教中学，后调任乡长。

## 知足常乐

清风两袖一心宽，酌酒吟诗自可欢。
醉卧书斋长梦醒，农夫相告毙贪官。

# 张吉亮

张吉亮，海南省临高县人。1986 年参加工作，现任和舍镇办公室主任。海南省诗词学会会员。

## 渔村新貌（二首）

### （一）

渔家富足竞时髦，华丽西装气派豪。
最是新潮夸阔绰，高楼彩电显风骚。

### （二）

革故鼎新夺妙工，神州处处展新容。
千家万户粮钱足，全赖中枢善政功。

# 张传誉

张传誉，供职于琼海市中心法律事务所。中华诗词学会会员，海南省诗词学会理事。有诗文集子多种。

## 中秋咏月

月悬重宵九，人间拜月游。
问月几时圆，长梦秋复秋。
明月当头照，谁家乐悠悠。
东流催月急，圆思两岸留。

# 张任君

张任君，1929年生，海南省文昌市人。退休干部。现系中华诗词学会、中国楹联学会、海南省诗词学会会员。著有《古代琼州才子故事选》《乐吾斋诗词联集》《根香集》等。

## 芸窗漫笔

混沌初开日，上清下浊分。
一支潇洒笔，千古健雄文。
世态天多变，人情地永存。
春秋崇定义，半部更堪尊。

## 山　居

春山呈秀色，古屋溢芳菲。
苗壮良田阔，林幽瑞鸟归。
晨星光玉帙，暮竹绿佳醅。
个里有真趣，柴门绊夕辉。

## 壬午仲秋携弟访丘文庄公故居

清秋昆仲叩贤门，可继堂前地气芬。
空室寒霜千载劫，连庭翠树五峰春。
峨冠端坐矜黔首，正笏高拱忆圣君。
一代文宗资后学，名臣风范泽长存。

## 自　律

倚天坐地钓清潭，水镜云梳两鬓毵。
得失随缘钦塞上，晨昏有数诵周南。
存心处世三无愧，秉性修身五不贪。
萧瑟秋风黄叶乱，古松雪岭郁参参。

## 敬赠海南省诗词学会暨诸同仁

天南文苑起豪吟，更羡时贤续探深。
犹喜新潮能振作，应知故纸可钩沉。
推敲楚赋彰民气，磨砺诗经奠国音。
同创辉煌骚丽日，和谐宇内笑青莲。

## 读《三国演义》感叹诸葛亮

汉室倾危逐逝波，三分难并奈时何！
隆中空作苟全计，蜀国阴闻破灭歌。
七纵犹存功了了，六陈不解恨多多。
江山蔚翠竖崇庙，后主无知枉泪沱。

## 满江红·五指擎天

夜幕掀开，祥光照、彩云袅集。晨曦里，唤醒沈醉，炫辉大地。暖气蒸腾寒霡散，迷津点拨锦程指。赞巨灵一掌破天门，托红日。 岁还浅，应努力；春去了，徒悲切。数古今英杰，几多感泣！荒草萋萋埋万物，雄文页页香千世。任流沙赴海演沧桑，峰长屹。

## 水调歌头·铜鼓岭骋怀

大块钟灵秀，铜鼓矗鸿濛。乾坤浑沌初奠，出世独横空。平息当年争战，鼓遗伏波故驻，胜迹美名峰。垒石秋风岸，击浪鼓声雄。 立天巅，穷四极，探长虹。茫茫孽海，潮落潮高断梦中。俯瞰南溟光耀，远挹西山色翠，旭日正升东。足下青云绕，宛在玉虚宫。

## 张怀平

张怀平，1946年生，海南文昌人。文昌市文化馆退休干部，原文昌市中华诗文学会会长。著有《文采风华》《杜诗新说》等。

### 品读许士杰（四首）

（一）

山欢海笑迎公仆，宝岛秋高丽日悬。
负命南来非过客，归程北望是奇缘。
欲寻万里腾飞计，应放鲲鹏搏九天。
志士激流知进退，无私无畏踏歌还。

（二）

浩然正气贯丹田，华发豪情赛壮年。
曾踏晋疆千里雪，又披琼岛百重烟。
指挥橡雨降珠玉，调遣椰风入管弦。
大展鸿图大开发，富民强国着先鞭。

（三）

旷怀豪迈胜华年，彩笔开垦锦绣田。
画里青山腾椽雨，诗中广厦耸椰烟。
弘扬琼韵惊尘俗，叱咤风云壮管弦。
南海鹰扬鹏翼展，摩星揽月焕新天。

（四）

经国文章不朽事，风流太守美名传。
目无民众乾坤窄，腹有诗书日月圆。
新省广开富强路，特区早达小康年。
身和宝岛同衰盛，歌海如潮奏凯旋。

## 清澜奇观

氤氲神秀焕清澜，涵汇汪洋接混茫。
日照月华流秀色，椰风海韵毓灵光。
凌云笔塔水中立，破浪鱼帆天上航。
晴好雨奇若西子，势雄潮壮赛钱塘。

## 清澜高隆湾即景

林带回萦沙带环，半湾云影半湾帆。
七仙如见仙心动，海浴无缘思下凡。

## 过文昌河

浑浑沌沌少波澜，慢慢腾腾久自安。
上接山泉下通海，要干须待海潮干。

## 观大坡瀑布感怀（二首）

### （一）

两条银瀑跌危岩，一对白龙戏碧潭。
失势飞腾布云雨，吐珠喷玉化晴岚。

### （二）

路转溪回堤闸拦，千般曲折化飞湍。
文昌境内寻常水，一出乡关便壮观。

# 题宋氏祖居（二首）

（一）

古路园村青霭里，宋家祖宅画图中。
不矜富贵骄天下，名自崇高姓自隆。

（二）

父是伟男女英杰，风华百代播芳馨。
小平题字垂型范，宋氏威仪耀汗青。

# 张奇功

张奇功，海南临高人，1928年生。历任小学校长，中学教研组长等。中华诗词学会、海南省诗词学会会员，著有《晚霞吟草》。

## 游王佐故址偶感

滩里通幽径，村前草木柔。
小桥溪上卧，巨石砥中流。
无欲功名淡，常怀民瘼忧。
诗风高一绝，《鸡肋》炳千秋。

## 盼羁台良人归棹

劳燕纷飞各一方，嗟无音讯两茫茫。
弯弯眉锁天边月，郁郁心翻桅上霜。
冷枕孤眠愁缕缕，残灯独坐泪行行。
欣闻陆海金桥架，数尽归帆倚夕阳。

## 夜眺临城文澜江

文澜江畔夜何娇，碧水粼粼涨晚潮。
更爱灯波流碎月，沉浮彩练若腾蛟。

# 山村青年手机

割稻完工踏晚霞，谷堆满院乐开花。
忽闻阿妹腰间响，相约今宵赴卡拉。

## 张昌海

张昌海，琼海人，1946 年生。小学高级教师。中华诗词学会会员，海南省诗词学会会员，琼海市诗词学会理事。

### 重游漓江酒歌

小馔轻舷上，漓江又一秋。
杯齐翡翠嶂，酒酹桂花流。
竖壁枕斜影，横崖锁直舟。
何当邀太白，同醉论周游。

### 重游东坡书院怀古

门自槐风下，径从竹韵前。
屐痕三级得，笠影一枝悬。
雕栋铮文骨，甘泉照汗颜。
堂中寻墨迹，聆似诵声喧。

### 万泉河石壁

两溪争谷口，一壁枕川流。
望断滔滔去，魂飞半叶舟。

## 咏槟榔

百节犹孤直，高风写碧天。
幽花薰素客，佳果润丹田。

## 张珠江

张珠江，海南东方市人，1928 年生。原东方市工商局副局长，现为东方市老年书画研究会名誉会长。

### 欢呼火车开进海南岛

海外孤悬千万年，雷琼此刻紧相连。
火车驶越波涛上，铁路横跨海峡间。
又是炎黄新创举，增添粤海一奇观。
来年再接台湾岛，两个明珠喜并肩。

### 学诗乐

步入诗门乐趣多，抒怀述志任消磨。
人情世事皆为诵，草木山川尽可歌。
兴至邀朋相唱和，闲来随意自吟哦。
一词一句敲成后，快似翻山过大河。

# 张润桐

张润桐，海南儋州人，1944年生。干部，会计师。中国楹联学会会员，儋州市中华诗联学会理事。

## 游松涛水库（二首）

### （一）

原山野岭少人居，沧海桑田客旅区。
翠色千峰藏马鹿，清波万顷跃龙鱼。
良田水润翻金浪，暮夜灯明泛玉珠。
儋耳林园呈异彩，库区美丽赛西湖。

### （二）

宝岛群英斗志坚，移山造海水连天。
清风细浪鱼儿跃，翠橡青林鸟语喧。
渠道纵横遍地绿，田园广阔陇禾妍。
星灯辉映琼州美，巨变松涛入画笺。

# 张锦寿

张锦寿，海南儋州人，1945 年出生。中学高级教师。中华诗词学会、海南省诗词学会会员，儋州中华诗联学会副会长。

## 咏海南菊（二首）

### （一）

秋香何故忘佳期，梦醒隆冬始展姿。
绿染江南花尚笑，群芳愧悔报春迟。

### （二）

悖逆东君性不羁，钟情寒士艳心痴。
亮容腊月开芳径，无逊梅山傲雪枝。

## 贺儋州市作家协会成立（二首）

（一）

苏轼文风百代贻，如今更是振兴时。
儋阳艺苑新枝发，信有瑶华展倩姿。

（二）

儋州文事未穷期，翰墨飘香惹雅思。
喜得东风常化雨，琼林硕果定繁枝。

## 菩萨蛮·椰岛春归

神州改革春潮涨，南疆开放欢歌荡。深化号声扬，投资花正芳。　　内联春意闹，外引春光好。仙境路非遥，天涯逐日娇。

## 西江月·游云月湖

柳岸云湖碧水，月亭玉宇清风。花香鸟语草如绒，山翠天蓝桥拱。　　仙女梳妆更秀，人间胜景无穷。匠心点缀夺天工，招惹游人接踵。

## 西江月·秋游花果山即兴

沿道奇花点缀，近郊翠岭环围。镜湖水澈鹭鸶飞，南国秋光荟萃。　昔日遍山荆棘，今朝满地芳菲。无边风月乐心扉，秋果飘香更醉。

## 花仙子·游石花水洞

乙酉春游英岛岭，专赏石花仙洞景。琳琅满目石晶莹，迷宫径，螺吹顶，卷曲石悬光照映。　洞府弄潮乘小艇，贫富辱荣皆忘净。洞河尽处石林呈，山倒影，添逸兴，日丽风和心酩酊。

# 陆运泽

陆运泽，海南省琼海市人，1934年生。琼海市嘉积中学高中语文教师。海南省诗词学会会员，琼海市诗词学会会员。

## 有感贺敬之题《琼海潮》

翰墨香留《琼海潮》，诗翁情谊惠吾曹。
万泉河畔诗文茂，瑰宝天涯品价高。

# 陈　义

陈义，海南省三亚市人，1939 年生。15 岁起执教，2000 年退休。

## 诗　人

出入带诗笺，感时题几篇。
描花青草里，绘鸟白云边。
喜咏轻风日，忧吟暴雨天。
尽书人世事，莫问鬼和仙。

## 试剑峰

伏波曾试剑，留石岭峰巅。
四季凝云雨，千秋镇海天。
凌空风习习，下涧水涓涓。
彤雾横山麓，登临宛若仙。

## 拜城隍

三天三夜拜城隍，敕令驱邪点烛香。
道士焉知仙佛意，只图囊满酒盈肠。

## 浣溪沙·长春花

不畏严寒酷暑侵，一年四季色浓深。清香万里尽花阴。　　未上楼台听赞语，甘居旷野伴荒林。无图名誉奉丹心。

## 陈 东

陈东，海南省澄迈县人。海南省戏剧家协会会员，曾任县剧团专职编剧。

### 龙江夜渡忆旧

忆昔龙江夜露冷，扁舟轻桨水无声。
军粮运送过千担，日寇酣眠犹不醒。

## 陈 民

陈民，海南临高人。曾任县政府办公室副主任。

### 宝岛逢春

喜讯传来喜泪流，春风春雨润琼州。
十年建省开新叶，千万同胞庆有秋。
极目蓬莱非远境，骋怀椰岛是芳洲。
迢迢北斗星光灿，夜半黎歌唱未休。

### 渡松涛

四望群山沐曙晖，是谁移海竞舟飞。
一声号令琼崖动，十万愚公铁臂挥。
南渡倒流如意水，东风吹遍古林扉。
黎乡又辟新天地，百里松涛接翠微。

### 野刺桐

独在山乡溢远香，浑身密刺作刀枪。
佐公偏爱留佳句，异类闻风亦断肠。

# 陈 昌

陈昌，1936年生，海南省儋州市人。历任小学教师、校长。儋州市中华诗联学会会员。

## 贺谢良裘老先生诗集出版

帜树教坛舌耨耕，诗文掷地发金声。
培桃育李春风化，砺志修行才俊成。
儋耳雅人扬姓氏，琼州学界播芳名。
十年浩劫师罹难，学子莘莘道不平。

# 陈 泰

陈泰，海南省三亚市人，1934年生。当过小学校长。三亚市诗词楹联协会理事。

## 水调歌头·南山游

佛地南山秀，风物特清幽。世外桃源胜景，山绿水长流。波涌嶙峋怪石，起伏群峰竞丽，胜地诱人游。海阔云天远，鸥鹭伴渔舟。　访仙迹，寻净土，觅芳丘。碧涛滚滚长啸，逐浪戏滩头。仙景诗情画意，回味绵绵无尽，境界上层楼。乐土人长寿，相比胜杭州。

## 陈一新

陈一新，海南省临高人。海南省诗词学会会员，临高诗词学会副会长。

### 茉莉轩遗址悼胡铨

匡世诤臣成逐客，文章德泽润蛮荒。
千古兴亡多少事，江流独念宋封章。

### 重返金江

阔别廿年故地游，城新不识旧时楼。
西窗共剪多华发，一样金江日夜流。

## 陈川颜

陈川颜，海南省文昌市人，1949年生。曾任乡镇党政和企业领导，中共文昌市委副秘书长；现为中华诗词学会会员，海南省诗词学会理事。著有《沧海云帆》集，合编《文昌诗笺》。

### 游包公祠步包公诗原韵

国以民为本，公为民尽谋。
驱奸不畏暴，面贵何须钩？
气正乾坤壮，政廉魑魅愁。
不临明镜殿，谁识仕途羞？

### 月亮湾[①]

嵚岳耸琼东，登临瞰窕宫。
月高沙溅雪，风飒水凌空，
白燕绕幽石[②]，陵溪倒兀峰[③]。
夜鸥鸣逸趣，渔火隐仙踪。

【注】

①月亮湾，指铜鼓岭一景点。

②白燕，指白燕沟。

③陵溪，指宝陵河。

## 不惑情怀

才见春枝绿，已闻落叶声。
莫言秋色淡，满树著峥嵘。

## 山·泉

穿橙绕紫下云端，果苑桑田承露甘。
一旦奔冲驰大海，揽星拱日作波澜。

## 岩·石

高踞嶙峋悬碧空，青峰托起万寻雄。
山花嫌我太坚硬，我笑山花无骨风。

## 咏·椰

挺秀南疆万里葱，一生奉献不居功。
傍村临海秉灵性，长笑乡园风雨中。

## 榕·树

面挂胡须似老翁，头披秀发却葱葱。
只因盛夏骄阳肆，绿伞高撑荫宇空。

## 致陈修发吟长

久仰诗骚未识荆，椰魂芳草溢乡情。
霜风难使宝刀老，霞宇应欢夕照明[①]。

【注】

①陈修发吟长寄赠《椰魂草》诗集一册。

# 陈子英

陈子英，海南万宁人，1929年生。原中学语文教师，教研组长。中华诗词学会会员，海南省诗词学会会员，著有《南岛韵声》诗集。

## 祖国颂

日出东方气势宏，中华处处尽春风。
惊雷阵阵催新变，往事桩桩见旧踪。
曾忆饥寒多死骨，犹遭灾难遍哀鸿。
朱毛掌舵惩邪恶，马列传薪济困穷。
举帜井冈燃火炬，挥师陕北慑顽凶。
数年倒蒋群情激，八载驱倭众志雄。
百族翻身欣解放，九州击壤喜安宁。
五星闪烁光环宇，双杰遨游享美名。
商贾货连开境界，瀛寰缘结汇音容。
市场经济千帆竞，科技尖端万圃葱。
亩亩良田铺锦绣，家家雅调彻苍穹。
小康社会皇皇绩，远景蓝图赫赫功。
核电工程添异彩，藏青公路架长虹。
扶农善策繁花艳，尚教良筹硕果丰。
文苑佳篇凌绝顶，体坛健将跃先锋。
反腐倡廉尘埃净，扬德施仁恤意浓。
港澳回归湔巨耻，中非合作植丕松。
铸筑硬道轻车疾，保护自然尧地红。

古树参天摇碧落，平原吐绿露峥嵘。
黄河浩荡人才粹，岱岳巍峨乔木茏。
西域峰高冰雪丽，南疆水暖卉林秾。
幅员辽阔矿藏博，历史久悠声誉隆。
惠及海陆讴盛世，泽临黎庶醉金盅。
三军勇猛城池固，一代英明内外崇。
强国富民诸业旺，精兵勤政四时荣。
嫦娥奔月乾坤傲，赤县泱泱起巨龙。

# 陈中尧

陈中尧，1947 年生，农民。儋州市诗词学会会员。

## 咏　鸥

鸥凫水面逐波流，南北东西自在游。
海阔天空随意落，无家无米亦无愁。